LUCIE,

OU

LES PARENS IMPRUDENS,

DRAME,

EN CINQ ACTES ET EN PROSE,

Représenté sur le Théatre de Bordeaux le 14 Mars 1772.

Par Mr. COLLOT D'HERBOIS,

Comédien du Roi, dans la Troupe de Monseigneur LE MARÉCHAL DUC DE RICHELIEU.

Qu'est-ce que l'homme de bien préfère à sa femme ?
Qu'y a-t-il au monde qu'un père aime plus que son enfant ?
Diderot, Père de Famille, Acte 2, Scène 2.

A BORDEAUX,

Chez CHAPPUIS & PHILLIPPOT, Imprim. Libr. sur les Fossés, vis-à-vis l'Hôtel-de-Ville.

M. DCC. LXXII.

Avec Approbation & Permission.

A

MESSIRE ANDRÉ-BERNARD DUHAMEL,

ÉCUYER, VICOMTE DE CASTETS, Baron de Barie, Seigneur de Lados, & autres Lieux, Premier Jurat Gentilhomme de la Ville de Bordeaux.

MONSIEUR,

Je n'ai jamais mieux connu le prix attaché au succès de mon Ouvrage, qu'en songeant que je devais vous l'offrir. C'eût été aussi ma consola-

tion, s'il n'eût pas réussi. Vous sçavez, MONSIEUR, que votre protection est le seul rempart que j'aie opposé jusqu'à présent à l'infortune ; c'est à vous que je dois l'avantage de n'être pas ignoré du HÉROS dont vous êtes l'ami. La bienfaisance & l'humanité sont deux vertus que vous chérissez ; elles vous ont gagné les cœurs des Citoyens, qui vous doivent leur tranquillité. La nature, qui a donné à tous les hommes des caractères differens, devait prodiguer aux Chefs de la Société les qualités nécessaires pour en maintenir les liens : l'idole de tous les états, est un Magistrat ami de la vérité, & protecteur de l'innocence ; l'accueil qu'il fait à la vertu, dont il donne l'exemple, suffit pour inspirer l'horreur du vice ; sa sévérité n'est redoutable qu'au crime, & son pouvoir ne lui sert qu'à faire des heureux... Ce sont les traits sous lesquels on vous reconnaîtra, MONSIEUR, et j'entends déjà tous mes Lecteurs qui vous nomment avec transport. Puisse mon dévouement être l'exemple de ceux qui partagent les sentimens avec lesquels

J'ai l'honneur d'être,

Monsieur,

Votre très-humble et très-obéissant serviteur,
COLLOT D'HERBOIS.

AVANT-PROPOS.

LE Public a paru goûter cette Pièce, & l'a vue plusieurs fois avec plaisir. Si les changemens que j'ai faits depuis la première Représentation, l'ont rendue meilleure, c'est aux reflexions de quelques Critiques sensés & judicieux, c'est à l'indulgence avec laquelle on m'a jugé, que j'en ai l'obligation.

Ceux qui ne sont point animés du même esprit, se sont donnés beaucoup de peine pour décrier mon Ouvrage : je ne me plaindrai point de leur sévérité ; mais je leur répondrai, qu'en faisant mes efforts pour offrir au Public un essai qu'il n'a pas jugé méprisable, je n'ai jamais eu assez de vanité pour croire lui donner une Pièce sans défauts.

Il est pourtant un mérite dont je suis jaloux, & que l'animosité de ces mêmes Personnes a essayé de m'ôter ; c'est celui d'avoir imaginé le Roman qui m'a fourni le sujet de mon Drame. On a voulu que je l'aie tiré de certains Mémoires (1) que personne ne connaît : on a prétendu qu'il était puisé dans une Nouvelle Espagnole (2), qu'on ne connaît pas davanta-

(1) Les prétendus Mémoires de M. le Baron de Boisroussèau.

(2) Nouvelle Espagnole, qu'on a appellé *Avantures de Dom Pédrillo del Campos.* Qui est-ce qui la connaît ?

ge ; tout cela est aussi faux, qu'il est vrai que j'ai créé moi-même le fonds de mon intrigue, & que je n'ai admis dans mon plan & dans ses incidens, rien qui pût ressembler, en quelque façon que ce soit, à aucun des Romans écrits jusqu'à ce jour.

Je dois, pour ma propre satisfaction, ne pas négliger ici de rendre un hommage public au zèle de ceux qui ont été chargés des principaux Rôles de ma Pièce ; les éloges qu'on a fait de leurs différens caractères, leur appartiennent ; je n'ai d'autre gloire que celle d'avoir employé heureusement leurs talens. Le sentiment impérieux qui tyrannise le cœur d'une jeune personne faible, mais vertueuse ; les dangers que courent son innocence, ne seraient pas devenus si intéressans, sans la candeur, l'expression naïve, & les graces touchantes de *Lucie*. Le jeu inimitable qui a soutenu le Rôle de *Francœur*, surpasse infiniment l'imagination qui l'a conçu. Le feu d'un *jeune imprudent* qui se laisse emporter aux fougues de sa passion, eût peut-être paru condamnable, si l'adresse de *l'Acteur* n'eût été employée à fixer l'attention sur les instans où la noblesse, l'honnêteté, & la bonté de son cœur, peuvent faire excuser ses défauts. On n'aurait pas partagé si vivement les inquiétudes d'une *mère tendre*, les cœurs ne se seraient pas ouverts au frémissement ; pendant la lecture de la *Lettre du troisième Acte*, la situation de cette mère, devenue sœur de l'amant de sa fille, n'eût pas arraché des larmes, si la sensibilité & l'ame de *l'Actrice*, en devenant celle du Personnage, n'eût donné à son action une vérité qui en a décidé le succès. En s'occupant des peines & des soins consolans de son époux, le Spectateur aurait moins applaudi à la générosité de leur *ami*, si la joie de ce *vertueux père*, qui va reporter avec son enfant le bonheur dans sa famille, ne fût devenue la sienne. On aurait été moins frappé de ces sentimens, s'ils eussent été moins rendus. Les soins de ceux qui ont fait valoir les Rôles moins importans, ont doublé le prix de mon travail. Enfin, l'intelligence & le jeu des Acteurs, ont produit plusieurs fois des effets si séduisans, que je me suis senti porté à les applaudir moi-même dans mon Ouvrage..... Je crains qu'on ne trouve dans cette pensée un peu d'orgueil : au reste, comme il n'y a qu'eux qui aient le droit de s'en plaindre, je les prie de n'y voir que mes vrais sentimens ; c'est une modestie très-désintéressée, une amitié vraie, & une juste reconnaissance.

Nota. Quoique l'Auteur ait fait plusieurs corrections depuis la première Représentation de sa Pièce, cependant on a laissé subsister à l'impression quelques endroits nécessaires à la lecture ; ils sont distingués par des guillemets, & se suppriment à la Représentation.

PERSONNAGES.	*ACTEURS.*
Mr. DE FRANCEVAL.	*Mr. de Lagrange.*
Mad. DE FRANCEVAL.	*Mad. Suin.*
LUCIE, fille de Mr. & de Mad. de Franceval.	*Mad. Lacroizette.*
FONTREUIL, sous le nom de *Germain*, Amant de Lucie.	*Mr. Neuville.*
SAINT-FLEURISSE, ami de Mr. de Franceval.	*Mr. Lemoine.*
FRANCŒUR, ancien Soldat, Valet-de-chambre de Mr. de Franceval.	*Mr. Romainville.*
ROSETTE, Femme-de-chambre de Madame de Franceval.	*Mad. Dumanoir.*
RENÉ, Valet de St. Fleurisse.	*Mr. Desforges.*
FRANÇOIS, Fermier, attaché à Mr. de Franceval.	*Mr. Gourville.*
FRANÇOISE, Nourrice de Lucie.	*Mad. Renault.*
MATHURIN, Paysan.	*Mr. Romain.*
LOURBEL, Escroc.	*Mr. Derville.*
UN BRETAILLEUR.	*Mr. Pitrot.*

Plusieurs Frippons de la suite de Lourbel.

La Scène est, pendant les trois premiers Actes, dans un sallon du Château qu'habite Mr. de Franceval. Il est neuf heures du matin lorsque le Drame commence.

LUCIE,

OU

LES PARENS IMPRUDENS,

DRAME.

ACTE PREMIER.

SCENE PREMIERE.

FRANCŒUR *seul, une lettre à la main; il la regarde quelque temps, & dit avec reflexion.*

BONNES ou mauvaiſes nouvelles pour Monſieur de Fontreuil; ſi elles ſont bonnes, tant mieux... ſi elles ſont mauvaiſes... tampis. Récapitulons un peu ce que nous avons fait, pour voir ce que nous avons à faire. Voyons. Monſieur de Fontreuil s'eſt adreſſé à moi, il n'en ſera pas fâché; je l'ai fait entrer ici domeſtique, domeſtique par feinte, par diſſimulation; il s'eſt fait appeller Germain, comme je me ferais appeller Pontneuf; il aime Mademoiselle Lucie, Mademoiselle Lucie ne le hait pas, cela ira bien. Monsieur de Franceval aura un peu de chagrin. Si sa fille s'écartait... cela ne lui ferait pas trop de plaisir : cependant c'est mon Maître, Monsieur de Franceval ; mais Monsieur de Fontreuil a été mon Capitaine ; &, après le Roi, Francœur ne doit de services qu'à ses Officiers : d'ailleurs, nous arrangerons les choses de façon... Au pis aller, je rentrerai au Régiment, Monsieur de Fontreuil m'a promis que je ne le quitterais pas. Enfin, nous verrons. Cette lettre m'est adressée, c'est sans doute pour lui ; ce sont des nouvelles, ce n'est pas pour moi ; mes parens qui sont dans l'autre monde, ne s'avisent sûrement pas de m'écrire dans celui-ci... Voyons, (*Il lit l'adresse de la lettre.*) à Monsieur, Monsieur, ah, ah ! Francœur... Oui, c'est mon nom, ma qualité, Francœur, cœur de Soldat, morbleu, cœur de Roi. (*Il continue.*) Francœur Valet-de-chambre.... Eh bien, sanbille, Valet ! Francœur qui a servi douze ans Grenadier, qui a fait les campagnes d'Hanovre, qui a mangé à la table de son Général... Valet... je quitte demain ce maudit métier ; une épée... morbleu... un bon Chef... & vienne l'ennemi... Valet, Francœur Valet, & j'ai quitté le meilleur Régiment, la meilleure Compagnie, le meilleur Capitaine... Ah, mille diables ! Enfin, j'y suis, j'y suis... Valet, moi qui à présent... à présent, si j'étais resté dans mon Régiment... la guerre se serait déclarée... Nous allons au feu, mon Général est brave, mon Général s'expose, mon Général est en danger, Francœur le garantit, Francœur se fait tuer, & Francœur est fait Colonel..., oui, Colonel. Je verrais sur une lettre, à Monsieur,

Monsieur de Francœur, Colonel, &c. Mais, Valet-de-chambre... Enfin, il fallait bien s'y résoudre; que, faire ayant accepté mon congé, planter des choux? J'y suis, j'enrage; patience, Monsieur Germain mettra fin à tout... Il est chez Monsieur de Fronceval; en sortant il passera par ici, je lui donnerai sa lettre. Lisons en attendant: (*Il tire un livre de sa poche & lit.*) TRAITÉ DES ÉVOLUTIONS MILITAIRES.. Voilà qui est un Livre cela... Têtebleu, sans ce Livre-là, je crois que je serais mort de chagrin. Où en suis-je? ... ici. CHAPITRE SIX... HUIT, DES ASSAUTS, ENTREPRISES DIFFICILES, SUCCÈS INCROYABLES, PORT-MAHON... J'y étais... vive-Dieu! Bon chapitre. (*Il s'assied.*)

SCENE II.

ROSETTE, FRANCŒUR *assis, occupé à lire.*

ROSETTE *à part.*

VOICI notre Valet-de-chambre, ou plutôt notre démon: il m'a paru qu'il était bien lié avec Germain, il n'entend pas finesse, tâchons de démêler ce qu'il en pense... Monsieur Francœur... Monsieur Francœur, qu'est-ce donc qui vous occupe de si intéressant?

FRANCŒUR *dans l'enthousiasme.*

Ce qui m'occupe? J'étais sur la brèche, Mademoiselle Rosette. (*Il la caresse.*)

ROSETTE.

Finissez donc.

FRANCŒUR.

Le diable m'emporte ; voulez-vous voir ? Tenez, chapitre des assauts.

ROSETTE.

Eh ! que voulez-vous que je fasse de cela ?

FRANCŒUR.

Voulez-vous voir celui de la tranchée ?

ROSETTE.

Encore moins... Laissez-moi donc.

FRANCŒUR.

Eh ! mais, si on n'ouvre pas la tranchée, voyez-vous, il faut prendre d'assaut, à moins qu'en se glissant par le chemin couvert, & faisant jouer la mine...

ROSETTE.

Eh non, vous dis-je, je ne veux ni être prise d'assaut, ni minée, ni tranchée... Allons, soyez donc sage.

FRANCŒUR.

Eh bien, dans ce cas-là, je vous écoute ; parlez.

ROSETTE.

J'aurai bientôt fait ; Madame m'a dit d'ordonner à Germain de l'attendre ici, voilà tout. (*finement.*) Je croyais le trouver avec vous.

FRANCŒUR.

Non, Monsieur de Franceval l'a demandé aussi ; la peste, tout le monde le recherche ce garçon-là ; il tient ça de la parenté.

ROSETTE.

Il est donc de vos parens, Monsieur Francœur ?

FRANCŒUR.

Oui parent, parent du côté des femmes ; il n'y a rien de bien positif... Cependant, c'est à peu près mon neveu.

ROSETTE.

Votre neveu ! Mais vous m'avez dit que vous étiez de Bretagne, & il est de Picardie, lui ?

FRANCŒUR *avec enthousiasme.*

Eh bien, quel miracle y a-t-il à cela donc ? Est-ce qu'un Breton & un Picard ne peuvent pas être oncles, neveux, cousins ? Ne sont-ils pas tous deux Français ? Morbleu, Mademoiselle Rosette, ne sçavez-vous pas que sans être parens ni alliés, tous les Français qui ont des sentimens sont frères ? Vive Dieu, nous sommes tous de la même famille, c'est le Roi qui en est le père.

ROSETTE.

Ce transport-là est noble, Monsieur Francœur, votre neveu ne doit pas vous faire rougir ; il annonce des sentimens. Madame a beaucoup de bonne volonté pour lui, s'il voulait en profiter.

FRANCŒUR.

Mais vous vous y intéressez beaucoup aussi : écoutez, Mademoiselle Rosette, auriez-vous quelques vues sur ce garçon-là ?

ROSETTE.

Non en vérité, il n'y a pas assez de temps que je le connais, & nous sommes trop près de nous quitter.

FRANCŒUR.

Nous quitter ! Comment donc ?

ROSETTE.

On vient de recevoir des nouvelles de Monsieur de Saint-Fleurisse, il arrive peut-être aujourd'hui... Son mariage avec Mademoiselle Lucie, projetté depuis long-temps, doit se conclure au plutôt, & il part ensuite pour aller en Picardie ; Germain, qu'on a arrêté pour lui ſervir de Valet-de-chambre, ne manquera pas de le ſuivre.

FRANCŒUR.

Le ſuivre... ſans doute... Eſt-il ſûr qu'il arrive aujourd'hui, Monſieur de Saint-Fleuriſſe?

ROSETTE.

Il l'annonce par ſa Lettre.

FRANCŒUR *avec emportement.*

Tant pis, morbleu.

ROSETTE.

Qu'y a-t-il donc là de fâcheux?

FRANCŒUR *embarraſſé.*

Oh! non... non; c'eſt que mon neveu & moi ne ſommes pas encore diſpoſés à le recevoir... Germain eſt neuf, je veux dire, il a beſoin que je lui donne quelques leçons pour le façonner... C'eſt qu'il n'a jamais ſervi.

ROSETTE.

Il a pourtant l'air bien égrillard.

FRANCŒUR.

Il n'a jamais ſervi... ſervi, Valet-de-chambre... D'ailleurs, il eſt intelligent... il ſe formera... je lui donnerai de bons conſeils.

ROSETTE.

J'en ſuis perſuadée... Adieu, Monſieur Francœur... je crois que vous ferez de votre neveu un grand ſujet... N'oubliez pas de lui dire que Madame... Mais le voici.

SCENE

SCENE III.

FONTREUIL, *sous le nom de Germain pendant toute la Pièce*, ROSETTE, FRANCŒUR.

ROSETTE *d'un ton goguenard.*

GERMAIN, Madame veut que vous l'attendiez ici ; elle desire vous parler... Monsieur votre oncle a quelques instructions à vous donner, je vous laisse en profiter.... Je vous recommande de la docilité... Je serais de trop, je me retire.

SCENE IV.

GERMAIN, FRANCŒUR.

GERMAIN.

QUE veut dire cela ? M'aurais-tu trahi ?

FRANCŒUR.

Non parbleu, non ; mais, ma foi, mon Capitaine, je commençais à déraisonner... Voyez-vous, je n'aime pas qu'une femme me prenne par la langue... c'est mon faible... & puis, tenez, mon Officier, cette Rosette-là est la plus futée pucelle...

GERMAIN.

Paix, ne m'appelle donc point ton Officier, ton Capitaine.

FRANCŒUR.

Comment donc faut-il vous appeller ? Monsieur de Fontreuil?

GERMAIN.

Encore moins : nomme-moi ton camarade... ton neveu... Germain...

FRANCŒUR.

Eh bien, ſoit, Germain... j'ai de la peine à m'y accoutumer. Que voulait de vous Monſieur de Franceval

GERMAIN *avec beaucoup d'intérêt & d'un dialogue très-vif.*

Il m'a fait eſſuyer la ſcène du monde la plus cruelle... un martyre... je ne ſçais qui peut lui avoir ſuſcité des ſoupçons; mais il n'y a pas de queſtion qu'il ne m'ait fait ſur la façon dont je me ſuis approché d'ici : j'ai toujours ſoutenu que je n'y avais pas d'autres connaiſſances que toi, que tu étais mon oncle.

FRANCŒUR *d'un ton ſententieux.*

Vous avez bien fait, mon neveu.

GERMAIN *toujours très-vivement.*

Il m'a demandé de quel pays j'étais, j'ai répondu, de Picardie; il faut qu'il ſoit de cette Province, il connaît ma famille comme s'il en était, il m'a répété vingt fois le nom de Monſieur de Fontreuil mon père, il m'a demandé des nouvelles de moi-même, il m'avait vu (diſait-il) au berceau : il m'a cité l'hiſtoire d'une de mes ſœurs, qui fut enlevée, il y a environ ſeize ans, par un Gentilhomme de la Province, nommé *Vorcelles*, contre lequel mon père fit de vives pourſuites, & dont nous n'avons eu depuis aucunes nouvelles; il eſt entré dans des détails, des particuliarités étonnantes; autant il s'eſt montré inſtruit, autant j'ai paru ignorer toutes les choſes dont il me parlait.

FRANCŒUR *du même ton.*

Vous avez bien fait, mon Capit... mon camarade.

GERMAIN.

J'ai soutenu tous ces assauts avec une fermeté qui t'aurait étonné ; mais je t'avouerai que j'ai pensé me trahir lorsqu'il ma parlé de sa fille, assurément il a des indices de notre liaison, cela n'est pas possible autrement; il cherchait à lire sur mon visage ce qui se passait dans mon ame; s'il eût pu voir les efforts que je faisais pour me contenir, quelle torture ! quel supplice ! J'ai craint mille fois que mon agitation ne décelât ce secret si précieux à mon cœur; je souffrais, j'ai été au point de me jetter à ses pieds, & de lui avouer.... les forces, la paroie me manquaient... je me suis tu.

FRANCŒUR.

Vous avez bien fait.

GERMAIN.

Monsieur de Franceval m'a quitté, il voulait parler à Madame, je me suis retiré.

FRANCŒUR.

Ah ! . . . vous avez mal fait; ou je ne suis qu'un sot, où il eût été essentiel de connaître la fin de toutes ces interrogations... D'où viennent ces soupçons? Mais, commençons par nous expliquer.

GERMAIN.

Comment donc ?

FRANCŒUR.

D'abord, Monsieur, je vous avertis que je ne veux plus servir Monsieur de Franceval; je vais lui demander mon congé. Tenez, c'est plus fort que moi, tant que je serais son Valet-de-chambre, je ne me prêterais pas à certains arrangemens de bon cœur.

GERMAIN.

Eh ! attends, mon camarade, attends, les choses peuvent changer de face ; tu sçais que je dois recevoir des nouvelles.

FRANCŒUR *avec empressement.*

A propos ; tenez, voilà une Lettre... c'est pour vous.

GERMAIN *avant de lire, dit* oui. (*Après avoir lu.*)

Ah, Ciel ! ah, mon ami ! tout est perdu, plus d'espoir.

FRANCŒUR.

Quoi donc ! lisez, lisez, je vous en prie.

GERMAIN.

Ecoute : cette Lettre est de Courson, cet ami auquel je te dis avoir écrit il y a quinze jours, pour m'informer de ce qui se passait chez moi.

LETTRE.

MON cher Fontreuil, il est temps, plus que jamais, de donner de tes nouvelles à ton père ; il n'en a pas eu depuis quatre mois, il est furieux. Il est informé que tu n'as pas rejoint ton Régiment ; je l'appelle toujours ton père, quoiqu'il prétende qu'il ne l'est plus. On dit qu'il t'a déshérité... Je ne prends pas cela à la lettre, nos pères sont de terribles gens quand il nous en veulent : on ajoute cependant des circonstances singulières, je les attribue à la malignité de ceux qui s'ingèrent à sçavoir les affaires de tout le monde. On m'a assuré qu'il avoit reçu des nouvelles de ta sœur, dont on ignorait le sort depuis seize ans. Vorcelles, qui l'avait enlevée, comme tu sçais, a envoyé, dit-on, un Négociateur. Je ne te donne pas cela pour certain ; mais il est positif que rien ne pourrait venir plus à contre-temps pour tes affaires. J'ai obtenu une prolongation ; je resterai ici encore un mois ; je desire pouvoir te servir. Je t'embrasse, & suis tout à toi ton ami, DE COURSON, Mousquetaire.

(*Il y a un moment de silence, & Germain dit :*)

Eh bien ?

FRANCŒUR.

Eh bien, Monſieur, voilà une vilaine face qu'elles prennent nos affaires. Mais il y a bien encore autre choſe.

GERMAIN.

Ah ! que puis-je apprendre, juſte ciel !

FRANCŒUR.

Modérez-vous, je vais être auſſi en colère que vous tout-à-l'heure.

GERMAIN.

Apprends-moi donc . . . .

FRANCŒUR.

On marie Mlle. Lucie peut-être aujourd'hui ; peut-être demain.

GERMAIN.

Comment ?

FRANCŒUR.

On a reçu des nouvelles de ce Monſieur de St. Fleuriſſe en queſtion ; il arrive aujourd'hui, demain les noces, après demain le départ ; il emmène ſa femme dans votre pays, & l'on vous met du voyage.

GERMAIN.

Et qui t'a dit cela ?

FRANCŒUR.

Parbleu Roſette ; elle a vu la lettre, le Meſſager l'a apportée avec celle que je vous ai remiſe.

GERMAIN *avec étonnement.*

Ah ! . . c'eſt là ce qui a donné lieu ſans doute à tous ces diſcours de Mr. de Franceval que je ne concevais pas ; ces queſtions ſur la Picardie, le départ de ſa fille, mon dévouement à ſon ſervice lorſqu'elle l'auroit quitté . . . lui être toujours fidèle . . .

Ah ! ſans doute je le ſerai ; mais malheur à celui qui me diſputera le prix que j'oſe en attendre : mon cher Francœur, ſers-moi .. Que de difficultés à ſurmonter ! Par où commencer ? Si je pouvais parler, écrire...

FRANCŒUR.

Parler, écrire ? Rien de tout cela, Monſieur, agir, morbleu, agir ; c'eſt le bras qui avance les affaires, les belles paroles & les écritures les font toujours traîner en longueur.

GERMAIN.

Mais enfin quel parti ? . . . .

FRANCŒUR.

Tenez, il ſemble toujours que vous vous entêtiez à prendre le plus mauvais ; ſi vous aviez ſuivi mes conſeils, depuis quatre mois que vous êtes enterré dans un village, vous auriez eu bien de l'impatience, & moi bien des peines de moins : tous les jours des Lettres . . . Rendez-vous à la promenade . . . entre-vues. . . Qu'eſt-ce que tout ce petit manège-là vous a avancé ? bien de l'embarras, & voilà tout. . . Je ne vous en fais pas de reproches ; mais enfin, il y a deux mois que nous nous ſommes apperçus que Mademoiſelle Lucie vous aimait, il fallait entrer ici tout de ſuite. Sanbille ! vous auriez trouvé un bon moment ; enfin tout le monde fait des ſottiſes, cela vous eſt permis plus qu'à un autre : ſi je n'avais pas quitté mon Régiment, moi...

GERMAIN *rêveur.*

Lucie doit être informée de ce qui ſe paſſe. . . Il faut lui écrire . . . lui demander un rendez-vous ; je te chargerai de la lettre, tu la lui remettras tout de ſuite.

FRANCŒUR.

Sitôt qu'elle sera écrite ; mais taisons-nous, j'entends venir Madame.

GERMAIN.

Quel contre-temps ! je te joindrai sitôt que nous serons libres ; il n'y a pas de temps à perdre.

SCENE V.

Mde. DE FRANCEVAL, LES PRÉCÉDENS, GERMAIN & FRANCŒUR *vont au devant d'elle, & la saluent.*

Mde. DE FRANCEVAL.

BONJOUR Germain, bonjour Francœur; Germain, Mr. de Franceval vous a vu, ainsi j'aurai peu de choses à vous dire ; vous ferez seulement attention ; . . . (*elle dit à Francœur*) je n'ai pas besoin de toi, Francœur ; (*elle continue à Germain*) que Mr. de St. Fleurisse, pour lequel nous vous avons retenu, arrive aujourd'hui.

FRANCŒUR, *qui cherche à écouter, en balançant pour s'en aller.*

Oh ! je lui ai déjà dit, Madame ; nous sommes convenus en partie, Germain & moi, de ce qu'il avait à faire : on dit que Mr. de St. Fleurisse partira après son mariage ; mais il n'est pas nécessaire d'instruire mon neveu de son devoir ; moi & lui, voyez-vous . . . deux bons cœurs, Madame, disposés à tout. Tenez, si Mr. de St. Fleurisse épouse votre fille . . . Germain est homme à le suivre après cela au bout du monde . . . Et puis, Madame . . . . je suis votre serviteur. (*Il sort.*)

SCENE VI.

Madame DE FRANCEVAL. GERMAIN.

Madame DE FRANCEVAL.

VOTRE oncle a d'excellentes qualités ; il eſt aſſez bon domeſtique, un peu bruſque ... c'eſt un défaut qu'il faut éviter. Mr. de Franceval eſt fort content de vous, il vous reproche un peu de timidité ... c'eſt la marque d'un caractère heureux ; l'effronterie ne ſied à perſonne ... vous êtes de Picardie, tous les gens de cette Province nous ſont chers.

GERMAIN *avec beaucoup de timidité pendant toute la Scène.*

Madame eſt peut-être née ....

Mde. DE FRANCEVAL.

Oui, mon mari & moi, nous ſommes de francs Picards ; nous eſpérons revoir avant peu cette chère patrie : mon gendre ira avant nous, & vous emmenera ; cela ne vous fera pas de peine.

GERMAIN *embarraſſé.*

Madame ....

Mde. DE FRANCEVAL.

Je vous recommande des ſoins, de l'attention ; mon gendre eſt homme d'humeur fort aiſée, il aura pour vous tous les égards que vous mériterez.

GERMAIN *avec intérêt.*

Madame, ce mariage doit donc ſe terminer inceſſamment ?

Mde. DE FRANCEVAL.

Mais ſous huit jours ... ah ! te voilà, ma fille ?

SCENE VII.

Mde. DE FRANCEVAL, LUCIE, GERMAIN.

LUCIE *d'un air triste.*

BONJOUR, ma chère mère, Rosette vient de me dire que Mr. de St. Fleurisse arrivait aujourd'hui.

Mde. DE FRANCEVAL *d'un air content.*

Oui, & tu n'en es pas fâchée, n'est-ce pas?

LUCIE *avec ingénuité.*

Fâchée, pardonnez-moi; mais il devait être absent bien plus long-temps.

Mde. DE FRANCEVAL.

Cela est vrai: il a trouvé dans ses affaires beaucoup moins d'embarras qu'il n'en avait prévu.

GERMAIN *à part.*

Il y a des gens à qui tout réussit.

Mde. DE FRANCEVAL.

Il semblait qu'à son arrivée.... (*elle se retient en voyant Germain*) Germain, laissez-nous; (*à Germain qui sort*) il faut désormais regarder ma fille comme votre maîtresse.

GERMAIN *avec beaucoup d'émotion.*

Ah! Madame... je ne l'ai jamais regardée autrement; je serais trop flatté que mon zèle, ma fidélité, Madame.... depuis huit jours que je suis ici, aucune occasion ne m'a mis à portée de vous faire connaître mes sentimens; mais dès le premier instant, j'ai voué à Mademoiselle, & à sa famille, une obéissance... & un attachement... qu'elle pourra mettre à l'épreuve dans toutes les circonstances.

SCENE VIII.

Madame DE FRANCEVAL, LUCIE.

Mde. DE FRANCEVAL.

CE petit compliment eſt plein d'honnêteté . . . . Ce garçon me paraît avoir l'ame ſenſible : mon mari avait formé des ſoupçons.

LUCIE *avec trouble.*

Des ſoupçons !

Mde. DE FRANCEVAL.

Oui, ma chère enfant, ton père a quelques ennemis ; il craignait que Germain ne fût un émiſſaire ſecret envoyé pour nous nuire ; Roſette avait d'autres idées ; je ne ſçais quel ſentiment m'a porté à le défendre . . . il eſt trop timide pour ſe déguiſer ; un ſujet comme cela, eſt un vrai cadeau à faire à ton époux.

LUCIE.

A mon époux ?

Mde. DE FRANCEVAL.

Oui, Monſieur de St. Fleuriſſe.

LUCIE.

Mais il ne l'eſt pas encore, ma chère mère.

Mde. DE FRANCEVAL.

Je le regarde déjà comme tel ; tu ſçais que depuis long-temps ce mariage eſt arrêté ; il faut t'inſtruire des raiſons qui nous preſſent de le conclure : oui, ma chère enfant, je vais te dévoiler des myſtères étonnans ; puiſſes-tu ſans ceſſe te les retracer, pour te garantir des faibleſſes de notre ſexe ; je t'ai donné des instructions que l'on refuse ordinairement aux filles de ton âge, que ma confiance serve à te préserver des pièges dans lesquels le défaut d'expérience engage les jeunes personnes auxquelles on fait un mérite d'une ignorance désavouée par la nature : puisse enfin mon exemple te servir de leçon ; ce n'est point une mère, c'est une amie qui va te faire partager tous les chagrins qu'elle a essuyé ; c'est de toi que dépend sa félicité ; c'est toi qui vas décider le destin d'un père & d'une mère qui t'adorent . . . Asseyons-nous.

Tu crois te connaître, mon enfant, & cependant tu ignores le secret de ton existence. Le nom que tu portes, le mien, celui de ton père, sont des voiles artificieux employés par le crime, pour nous dérober aux justes poursuites des loix & de la nature.

LUCIE *avec candeur.*

Par le crime ! maman, vous en êtes incapable.

Mde. DE FRANCEVAL *fait tous les détails suivans avec beaucoup d'attendrissement ; elle y mêle quelquefois des soupirs.*

Ecoute-moi, je te prie, avec attention ; l'aveu qu'il faut que je te fasse, demande de ma part un recueillement & des reflexions qui me coûtent ; aie de moi assez de pitié pour ne pas m'en distraire.

Le vrai nom de ton père est Vorcelles ; il était au service il y a dix-huit ans ; il vint en semestre dans notre Province, chez un de ses oncles. Le château qu'il habitait, & celui de mon père, étaient voisins. La chasse, les amusemens, rendirent bientôt Vorcelles & mon père inséparables ; il ne quittait pas notre maison ; plusieurs petites fêtes, des cadeaux de peu de valeur, établirent d'abord entre lui & moi une liaison de galanterie, qui avait l'air d'un badinage : le cœur y prit insensiblement intérêt ; ce qui n'était qu'un jeu , devint une habitude que nous n'aurions pu rompre qu'avec douleur. Mon père était charmé des attentions que Vorcelles avait pour moi , il s'amusoit de l'inclination que nous prenions l'un pour l'autre : « s'il décidait nos petits différends , » j'avais toujours tort ; » il m'ordonnait d'aimer Vorcelles , je ne lui obéis que trop facilement. Nous passions des journées entières sans nous quitter ; Vorcelles aussi retenu que tendre , aussi prudent que passionné , me faisait connaître un respect égal à son amour. S'il lui échappait une indiscrétion , il s'en punissait rigoureusement le premier. Une maladie légère qui lui survint, l'avait éloigné plusieurs jours ; sa santé rétablie , il parut. Ce moment fut le premier où je sentis combien il était nécessaire à mon bonheur. Un doux ravissement s'empara de tous mes sens, lorsque je le revis ; il me consolait des inquiétudes qu'il m'avait donné : les efforts que je faisais pour lui cacher tout le plaisir que me causait son rétablissement , lui décélaient un trouble & une palpitation de cœur qu'il semblait partager. . . . . Nos regards , animés par la volupté , se rencontraient pour se confondre ; nos ames tremblantes , & réunies par le sentiment , laissaient échapper des soupirs qui se concertaient pour ma défaite. . . . Le délire de l'amour nous saisit. . . . Vorcelles s'égara. . . . Je devins faible . . . . & ma sensibilité me coûta ma vertu.

LUCIE *avec douleur.*

Ah ! ma mère . . .

Mde. DE FRANCEVAL.

Les regrets , les remords auxquels nous fumes en proie , ne peuvent se dépeindre ; je t'épargnerai les détails du désespoir qui suivit notre imprudence; la honte semblait attachée aux pas de Vorcelles & aux miens; nous n'osions nous rencontrer; il redoutait ma présence, & je fuyais la sienne. Mon malheur n'était pas au comble; deux mois passés dans la douleur, n'avaient pas expié ma faute; je m'apperçus avec effroi des suites cruelles qu'elle devait avoir: l'instant fatal de notre égarément m'avait rendu ta mère. Epuisée de larmes, accablée de désespoir, j'invoquai mille fois la mort, j'étais réservée à des tourmens plus cruels, mes maux devaient augmenter, & j'étais destinée à les soutenir. L'oncle de Vorcelles réveilla un procès que mon père avait mal terminé; l'entrée de notre maison fut défendue à son neveu; mon père crut le punir en disposant de ma main; un de ses amis qui lui en avait fait la demande, fut choisi pour mon époux; je fus sacrifiée à la vengeance; le mariage allait se conclure; ma situation était affreuse; Vorcelles était instruit de mon état; son honneur, son amour, lui inspirèrent un dessein que la nécessité me fit approuver. Il vendit sa Compagnie, & me proposa secretement d'aller dans un climat étranger unir notre destinée & nos malheurs: séduite, touchée de son procédé, forcée par les circonstances, j'abandonnai mon père pour suivre mon amant. . . . . Nous voulions passer en Angleterre ou en Hollande; mais des obstacles que nous prévîmes, nous firent décider pour l'Espagne; nous y arrivâmes heureusement.

Pendant les deux dernières phrases de ce dernier couplet, Francœur est entré avec une Lettre à la main; il a fait beaucoup de signes à Lucie, qui ne l'a pas vu. Mde. de Franceval l'apperçoit, & lui dit avec humeur:

Que voulez-vous, Francœur?

SCENE IX.

FRANCŒUR, LES PRÉCÉDENS.

FRANCŒUR *avec contrainte.*

MADAME n'a pas appellé ?

Mad. DE FRANCEVAL *avec humeur.*

Non, laiſſez-nous.

FRANCŒUR.

Madame eſt-elle contente de mon neveu ?

Mad. DE FRANCEVAL.

Oui, il eſt docile, il faut l'être ; obéir eſt le premier talent d'un domeſtique.

FRANCŒUR.

Ah ! Madame, il profite de tout ce qu'on lui dit... Il eſt bien élevé d'ailleurs ... il lit ... il écrit ... Ah ! il écrit (*Il montre la Lettre qui eſt dans ſon chapeau à Lucie.*) comme un Ange.

Mad. DE FRANCEVAL.

Va-t-en donc.

FRANCŒUR.

J'obéis, Madame, j'obéis.

SCENE X.

Mad. DE FRANCEVAL, LUCIE.

LUCIE.

CONTINUEZ, ma tendre mère, je vous ai cauſé bien des chagrins dès ma naiſſance.

Mad. DE FRANCEVAL.

Tu peux tout réparer, ma chère fille : je t'ai dit,

je crois, que nous fumes en Espagne; notre premier soin fut de rendre légitime une union jusqu'alors criminelle ; ton père prit le nom de Franceval ; nous étions à Cadix ; un Négociant rechercha notre connaissance, (c'était le frère de Saint-Fleurisse) tu l'as vu plusieurs fois. L'amitié & les soins de cet honnête homme, nous fournirent des moyens avantageux de faire valoir les fonds qui nous étaient restés. Le Ciel parut enfin touché de nos peines; tout nous devint prospère ; nous nous trouvâmes au bout de quelque temps à la tête d'une fortune considérable. Rien n'aurait manqué à notre contentement, si les remords nous eussent laissé jouir en paix des biens de la fortune ; mais l'idée de mon père, si cruellement abandonné, me persécutait. Les poursuites qu'il fit contre nous, mirent le comble à ma douleur. Nos précautions continuelles nous conserverent ignorés.

LUCIE.

Mais, maman, mon père ne cessa donc pas un instant de vous aimer ... ses sentimens furent toujours les mêmes ; ne vous a-t-il jamais donné les chagrins que doit causer l'inconstance? Vous a-t-il toujours chérie autant que vous méritez de l'être ?

Mad. DE FRANCEVAL.

S'il eût changé, ma fille, je n'aurais pu soutenir la vie ; nous ignorons encore l'amertume & l'embarras d'un reproche ; je ne lui en ai jamais fait, il n'en a jamais mérité. Depuis seize ans, la constance de notre union n'a point été altérée. Tu sçais qu'il y a un an que nous avons quitté Cadix ; Saint-Fleurisse était venu voir son frère ; ton père se confia à lui ; c'est le premier qui ait partagé nos peines, & il nous a prouvé qu'il en était digne : il nous a acheté le Château où nous ſommes, il s'eſt chargé d'aller lui-même chez mon père, il s'y eſt annoncé comme notre gendre, nos intérêts ſont devenus les ſiens. Il a ſollicité une réconciliation dont tu dois être le prix, il vient réclamer un bien dont il a déjà pris le titre : oui, ma chère fille, c'eſt toi qui dois cimenter une paix de laquelle dépend ma tranquillit ; mon père, juſqu'à préſent inexorable, eſt déjà prévenu de tes charmantes qualités, il ne pourra réſiſter à tes careſſes ; il ignore que nous ſommes en France ; tu ſaiſiras, pour le lui apprendre, le moment où il te ſerrera dans ſes bras. Les larmes de ſa joie deviendront le ſceau de mon pardon ; le charme de la nature, ranimant ſa vieilleſſe, ne lui laiſſera pas la force de ſe rappeller mon crime.

LUCIE *avec attendriſſement.*

Ah, ma mère ! Puiſſé-je être digne.....

Mad. DE FRANCEVAL.

Adieu ma fille, je ſuis trop émue pour t'en dire davantage, & tu dois avoir beſoin de réflexions. Embraſſe-moi, ma chère enfant ; ſi l'amour a cauſé nos malheurs, ſonge que c'eſt toi qui dois nous les faire oublier.

SCENE XI.

LUCIE *ſeule.*

ET je pourrais trahir ſa tendreſſe, je pourrais réſiſter à des ſollicitations auſſi touchantes... Ah ! Germain... Germain... par quel enchantement as-tu pu me conduire à douter de mon obéiſſance ? Ces ſoins dangereux que tu me rends avec tant d'empreſſement...

ſement. . . ces complaiſances que je me reproche, & dont je ſens la conſéquence . . . ce langage touchant dont tu fais depuis quatre mois ton étude, ces charmes que tu emploies pour me ſéduire, pourraient-ils me faire oublier des devoirs ſi chers, ſi reſpectables?... Quel deſtin t'a conduit ici, pour perſécuter une fille infortunée qui n'a pas eu la force de t'éloigner?

SCENE XII.

LUCIE, FRANCŒUR.

FRANCŒUR.

MADEMOISELLE, Mademoiſelle, voici une Lettre.

LUCIE *fuyant.*

Je ne la recevrai point, laiſſez-moi, laiſſez-moi.

FRANCŒUR.

Mademoiſelle, je vous en prie... il eſt déſeſpéré... Si vous le voyiez.

LUCIE *avec vivacité.*

Si je le voyais! . . . Ah! je ne le verrai plus.

FRANCŒUR.

Voilà bien autre choſe à préſent: eh bien, Mademoiſelle, je vais lui dire, moi . . . mais s'il fait des ſottiſes, je n'y ſuis pour rien, d'abord.

LUCIE *toujours du même ton.*

Qu'il ſorte, qu'il me laiſſe... Francœur, dites-lui de ne point faire des folies. Mais, il eſt donc bien fâché?

FRANCŒUR.

Il extravague, il perd la tête.

LUCIE *avec chagrin.*

Mais que veut-il que j'y fasse? (*avec inquiétude.*) que peut-il m'écrire?

FRANCŒUR.

Eh lisez, lisez, cela ne gâtera rien.

LUCIE *hésitant.*

Voyons donc.

BILLET.

MADEMOISELLE, si l'on mourait de désespoir, je ne serais déjà plus : tout est conjuré pour moi ; votre cœur est désormais le seul bien qui me reste ; Monsieur de Saint-Fleurisse arrive, il veut me le ravir... Vous seriez à lui pour jamais... Ma chère Lucie, il faut que je vous parle avant son arrivée, choisissez le moment... Je ne sçais pas si j'aurai la force de l'attendre... Je meurs d'impatience ; je cesserais de vivre s'il ne fallait pas en même temps cesser de vous aimer.

(*avec douleur.*)

Ah, Dieux!... Eh voilà comme ils nous aveuglent!

FRANCŒUR.

Eh bien, Mademoiselle?

LUCIE.

Dites-lui que je ne le verrai point... Non, absolument, j'y suis résolue.

FRANCŒUR *d'un ton larmoyant.*

Ah, Mademoiselle! que dites-vous? Mais songez donc... Il en mourra... Si l'on mourait de désespoir, il ne serait déjà plus... s'il ne fallait pas cesser de vous aimer... Lisez donc, lisez encore une fois, Mademoiselle.

LUCIE *d'un ton composé.*

Je vous ordonne... (*avec tendresse.*) Mais dis-lui qu'il ne me voie point... Quel acharnement! qu'il s'en aille ; non, je ne veux pas entendre parler de lui.

FRANCŒUR *vivement.*

Ma foi, Mademoiſelle, je ne lui dirai point cela ; il y aurait de la cruauté... de la barbarie ... ce ſerait lui percer le cœur... Si vous pouvez ceſſer tout de ſuite de l'aimer, il ne vous oubliera pas ſitôt, lui. Ah ! c'eſt cruel ; tenez, Mademoiſelle, je vous le dis franchement, je le tromperai plutôt, je lui dirai que vous conſentez à le voir.

LUCIE.

Gardez-vous-en bien. Ah, Ciel ! à quoi donc ſuis-je réduite ? Eh ! qui peut autoriſer des démarches auſſi imprudentes ?

FRANCŒUR *d'un air touchant.*

De la pitié, Mademoiſelle, de la compaſſion ; tenez, il ſe rendra dans une heure au jardin, dans une heure... il ſera plus tranquille... vous pourriez vous y rencontrer... vous lui direz de s'en aller, vous ferez de lui tout ce que vous voudrez.

LUCIE.

Au jardin ; mais point du tout, cela aurait l'air d'un rendez-vous... Non, je vous dis, je ne veux pas le voir ; s'il venait, ſi c'était pour me dire adieu... mais rien qui puiſſe me compromettre ; en paſſant... à la bonne-heure.

FRANCŒUR *précipitamment.*

Oui, en paſſant : tenez, ici, Mademoiſelle, dans une heure ; vous venez ſouvent dans cette ſalle ; il ſera ici à cauſer avec moi ; vous traverſerez, nous vous arrêterons, ſi vous voulez, malgré vous..... Qu'il va être content !... Je vais lui dire. Ma foi, Mademoiſelle... il va revenir de loin.

SCENE XIII.

LUCIE *seule.*

JE consens à le voir... Malheureuse!... Et je n'ai pu m'en défendre! Je le verrai... pour lui dire de s'éloigner. Pourrai-je prendre sur moi de lui cacher ma faiblesse? Ah! ma tendre mere, recevez des larmes que je rougirais de verser devant vous. Amour! amour! si tu peux maîtriser un cœur pur, ami de l'honnêteté; si tes droits s'étendent sur l'innocence.... quel sera donc l'empire de la vertu!

Fin du premier Acte.

ACTE II.

SCENE PREMIERE.

GERMAIN, FRANCŒUR.

GERMAIN, *avec beaucoup de véhémence pendant toute la Scène,*

ELLE n'a pas voulu recevoir ma lettre ! Que je ſuis malheureux !

FRANCŒUR.

Eh ! mais, Monſieur, donnez-vous donc le temps de ſçavoir les choſes ; elle a fait des façons d'abord ; eſt-ce que ce n'eſt pas la regle ? . . mais à la fin. . .

GERMAIN.

A la fin elle l'a reçue. Ah, mon cher Francœur ! Eh bien, qu'a-t-elle répondu ?

FRANCŒUR.

Répondu ? Ma foi cela n'eſt pas trop aiſé à vous faire entendre ; tout ce que je ſçais, c'eſt qu'elle m'a répondu oüi, en me diſant non.

GERMAIN.

A-t-elle conſenti de m'accorder un rendez-vous ?

FRANCŒUR.

Conſenti . . . . non.

GERMAIN.

Elle a refuſé ?

FRANCŒUR.

Non plus.

GERMAIN.

Mais, qu'a-t-elle dit?

FRANCŒUR.

Rien de poſitif.

GERMAIN.

Ah! de grace tire-moi d'inquiétude, tu me fais mourir.

FRANCŒUR.

Eh! Monſieur, ne ſçavez-vous pas que les femmes ne ſe font jamais mieux entendre que lorſqu'elles ne veulent pas s'expliquer?

GERMAIN.

Enfin, ſur quoi puis-je compter?.. (*Francœur rit.*) Finis donc de plaiſanter.

FRANCŒUR.

Eſt-ce que je ſerais auſſi gai, ſi je voulais vous annoncer une mauvaiſe nouvelle? vous pouvez compter qu'elle ſera ici avant une demi-heure.

GERMAIN.

Elle te l'a aſſuré?

FRANCŒUR.

Non vraiment; mais elle ſe trouvera ici à deſſein, ſans y penſer..., pendant que nous nous occuperons d'elle en parlant d'autre choſe.... & nous la retiendrons, malgré elle, de bonne volonté... c'eſt clair, c'eſt arrangé comme cela. Enfin, vous la verrez, vous lui parlerez; c'eſt à vous à mettre le temps à profit.

GERMAIN.

Hélas! Comment lui faire ſentir toutes mes peines?

FRANCŒUR.

Mais vous êtes tout-à-fait ſingulier, Monſieur: comment? comment? eh! déter minez-la d'abord à ne pas se marier à Monsieur de Saint-Fleurisse ; il faut lui dire les choses comme vous les pensez ; il faut se déclarer : vous êtes de bonne foi, & on dirait que vous voulez la tromper. Pourquoi ne lui avoir pas encore appris votre vrai nom ? peut-être cela l'aurait-il décidée.

GERMAIN.

Eh ! mon ami, que fait le nom ? Elle sçait que je suis Gentilhomme, que je suis au service ; lui ai-je montré d'autres sentimens que ceux de l'honneur ? Ne m'as-tu pas conseillé le premier, d'attendre avant de lui fare connaître ma famille, les nouvelles que je devais en recevoir ? Elles sont venues ces nouvelles ; crois-tu qu'il faille l'en instruire ? Est-ce en lui disant que mon père me désavoue, que je suis abandonné de tous ceux qui me touchent, que je pourrai l'intéresser en ma faveur ?

FRANCŒUR.

Francœur vous reste, Monsieur ; Mademoiselle Lucie vous aime, que voulez-vous de plus ? Je ne sçais pas si vous avez tort, si vous avez raison ; mais, vive Dieu, je vous suis attaché ; que Mademoiselle Lucie nous seconde : tenez, quand il faudrait l'enlever à Monsieur de Saint-Fleurisse, à dix, à vingt, à trente, à l'univers, au diable, vous l'épouserez, Monsieur ; mon cœur est à vous, vous m'avez gagné ; ce n'est pas par intérêt, ainsi cela ne doit pas vous être suspect.

GERMAIN *avec bonté.*

Je connais tes sentimens ; va, si je doute de quelque chose, c'est de pouvoir te récompenser autant que je le voudrais.

FRANCŒUR.

Récompensé ! je ne veux point l'être ; je croirais vous avoir vendu mes services ; c'est le cœur, Monsieur, c'est l'attachement : cela ne s'achete pas. Vous voir heureux, voilà mon salaire ; que Mademoiselle Lucie soit contente aussi, car je l'aime autant que vous ; si je ne sçavais pas que vos intentions sont bonnes... mais je vous crois trop honnête-homme pour la tromper... c'est que ce n'est pas là un gibier de garnison, voyez-vous, mon Officier... c'est une brave fille ; c'est l'honnêteté, la vertu..... La vertu ! en vérité il y en a si peu actuellement parmi les femmes, qu'il y aurait conscience de travailler à détruire ce qui leur reste.

GERMAIN *avec feu.*

Tes soupçons me sont injure, mon cher camarade, rends-moi plus de justice; va, crois que je n'ai jamais ressemblé à ces monstres élégans, qui, devenus les tyrans d'une femme qu'ils ont rendu faible, ne trouvent d'autre plaisir dans sa défaite, que celui de la divulguer ; qui ne semblent jouir de leur triomphe, qu'en jettant sur la victime qu'ils ont immolée à leur déréglement, le déshonneur & les mépris qui devraient les couvrir eux-mêmes. Le plaisir pur & chaste d'offrir à la vertu qui chancelle les ressources d'un respect inviolable, est ignoré de ces ames brutales ; & tu crois que je pourrais partager leur infamie ? Non ; j'ai voué à Lucie un hommage aussi tendre, aussi vrai que son cœur ; ses charmes ont subjugué le mien; sa beauté m'a séduit; je lui dois de l'admiration. Mais chérir sa modestie & sa douceur, conserver à ma délicatesse la pureté & l'éclat de son innocence, adorer sa vertu, lui sacrifier, s'il le faut, jusqu'aux intérêts de ma flamme, voilà la gloire d'un honnête-homme, & ce sont là mes trophées.

FRANCŒUR.

Vous avez raison, main de Dieu; avec de pareils sentimens, on ne sera jamais fâché de vous aimer: cependant je prévois bien de l'embarras dans toute cette affaire. Mademoiselle Lucie paraît décidée à épouser Monsieur de Saint-Fleurisse: on voit bien que cela lui fait de la peine; mais. . . .

GERMAIN *fort emu.*

Epouser Monsieur de Saint-Fleurisse! Mais, pourquói ce mariage est-il devenu si nécessaire? Depuis que tu es ici, n'as-tu pu pénétrer les raisons?... Lucie a toujours évité d'entrer en explication à ce sujet; son ignorance lui a toujours servi de prétexte?

FRANCŒUR.

Ma foi, Monsieur, je ne sçais qu'en penser; je me suis bien apperçu qu'elle avait eu avec sa mère un entretien, où il s'était passé quelque chose d'extraordinaire; Madame est sortie singulièrement agitée, au point qu'elle ne m'a pas apperçu sur son passage, & j'ai trouvé Mademoiselle d'une humeur. . . . Ah! tenez, ce n'est pas pour me vanter; mais il fallait que ce soit moi pour lui faire lire votre Lettre. N'entendez-vous pas du bruit? . . . C'est le père & la mère.

GERMAIN.

Guette bien le moment où nous nous rejoindrons pout attendre Lucie. . . Je vais rêver aux moyens de faire réussir un projet qui m'occupe. . .

FRANCŒUR.

Chut... chut... Paix donc.

(Ils s'occupent tous les deux à ranger les meubles qui sont dans l'appartement.)

SCENE II

Mr. & Mad. DE FRANCEVAL, LES PRÉCÉDENS.

Mad. DE FRANCEVAL.

LAISSEZ, laissez : les Valets auront soin de nettoyer ici; Francœur, emmene ton neveu; eh bien, commence-t-il à s'enhardir ? *(Germain la salue.)*

FRANCŒUR.

Oui, Madame, oui; je crois que nous en ferons quelque chose.

Mad. DE FRANCEVAL.

Bon, tant mieux. *(Germain la salue encore.)* Ah, c'est fort bien, laissez-nous... *(Elle rappelle Francœur qui sort.)* Francœur, va chez ma fille lui demander...

FRANCŒUR.

Oui, Madame, j'y vais, moi ou Germain, cela le dégourdira.

Mad. DE FRANCEVAL.

Ecoute donc, vas-y toi-même; demande-lui si elle veut venir au-devant de son futur époux : cela pourrait lui faire plaisir; qu'elle vienne nous trouver, nous partirons bientôt.

FRANCŒUR.

J'y vais, Madame, j'y cours. *(Il dit en sortant à*

Germain, qui est rêveur.) Eh bien, Monſieur . . . à quoi rêves-tu ; allons donc, allons donc.

SCENE III.

Monſieur & Madame DE FRANCEVAL.

Mr. DE FRANCEVAL.

CE Francœur eſt plaiſant.

Mad. DE FRANCEVAL.

S'il était plus poli, il ſerait parfait ; je crois que la circonſpection & l'honnêteté du neveu, ne ferait pas de tort à la bonté du cœur & à la franchiſe de l'oncle.

Mr. DE FRANCEVAL.

Cette franchiſe ne peut trop s'eſtimer ; ſon caractère n'eſt point aimable, mais il eſt ſolide, il attache, j'aime ſon humeur ; c'eſt la tournure du vieux Soldat, bruſque, téméraire, mais vrai, mais dévoué ; ſes manières, qui reſpirent la rudeſſe, inſpirent la confiance ; je lui trouve beaucoup de mérite. (*ironiquement.*) Il eſt vrai que la politeſſe, les manières...

Mad. DE FRANCEVAL.

Je ſçais que tu es un excellent Philoſophe ; mais laiſſons les objets généraux, & raiſonnons un peu pour nous. Je t'avouerai que je n'ai jamais eu l'eſprit auſſi tranquille qu'à préſent. Tu ne ſçaurais comprendre de quel poids mon cœur eſt ſoulagé depuis que j'ai révélé à Lucie ces vérités cruelles que j'avais tant de peine à lui cacher ; le fardeau de mon ſecret commençait à devenir inſupportable.

Mr. DE FRANCEVAL *riant.*

Comment ! Je vous croyais une femme forte, vous avez tort de m'avouer vos faiblesses...

SCENE IV.

Mr. & Mad. DE FRANCEVAL, FRANCŒUR.

FRANCŒUR.

Monsieur, Mademoiselle Lucie dit qu'elle ne s'amusera pas à aller au-devant de son futur époux, elle est même un peu indisposée.

Mad. DE FRANCEVAL *vivement.*

Indisposée ! qu'a-t-elle donc ?

FRANCŒUR.

Oh rien, ce n'est rien, Madame ; elle dit seulement qu'elle a besoin de repos.

Mad. DE FRANCEVAL.

Tu m'avais effrayée, il faut la laisser bien tranquille.

FRANCŒUR *avec une impatience qu'il veut dissimuler.*

Monsieur & Madame iront donc tous seuls au-devant de Monsieur de Saint-Fleurisse ?

Mad. DE FRANCEVAL.

Oui, peut-être.

FRANCŒUR.

Vous allez partir tout-à-l'heure, n'est-ce pas, Monsieur ? Il faudra faire apprêter la chaise à deux places ; je crois que vous feriez bien de vous dépêcher.

Mad. DE FRANCEVAL.

Eh ! oui, oui... Va-t-en, nous ferons avertir.

FRANCŒUR.

Bon... c'eſt bon, Monſieur... Je dis c'eſt l'affaire de deux minutes; c'eſt que d'ailleurs, vous voyez bien que ſi ce Monſieur était une fois arrivé, vous ne pourriez plus aller au-devant de lui, vous ferez dire quand vous voudrez partir. (*Il ſort.*)

SCENE V.

Monſieur & Madame DE FRANCEVAL.

Mad. DE FRANCEVAL.

NOTRE cœur eſt ſujet à des révolutions bien ſubites; un rien trouble la ſérénité la plus parfaite; un mot, ce mot *d'indiſpoſée*, m'a repréſenté ma fille ſouffrante; j'ai ſenti un ſaiſiſſement que je ne puis encore ſurmonter. Cette chère enfant, la moindre de ſes peines m'affligerait plus que toutes les miennes; je l'ai inſtruite de ces choſes étranges avec trop peu de précautions... Pourquoi reſte-t-elle dans ſa chambre?....

Mr. DE FRANCEVAL.

Je ne vois rien en cela d'étonnant; il eſt naturel qu'elle cherche à ſe recueillir; « ſon ame étonnée a » beſoin de ſe reconnaître, & de faire des efforts » pour s'accoutumer à des événemens ſinguliers & » nouveaux, qui ſemblent contredire la réalité de ſon » être, & confondre la vérité de ſon exiſtence; il lui » paraît impoſſible de ſe fixer dans la multitude des » réflexions que cette confidence a fait naître, & auxquelles il faut donner cours pendant quelques inſtans. » Elle reſpirera en ſe voyant débarraſſée de ſon ignorance ; ſon imagination une fois repoſée ; elle paſſera de l'incertitude à la ſatisfaction de ſe connaître, & le terme deſiré de toutes ſes peines, que notre diſcrétion lui a épargné, deviendra pour elle le préſage d'une tranquillité inaltérable.

Mad. DE FRANCEVAL.

Puiſſe-t-il l'être auſſi pour nous. Je ne ſçais, j'étais au-deſſus de toutes les craintes, & depuis un moment, le bonheur dont je me flattais me ſemble une illuſion ; « une terreur dont je ne puis me rendre » compte, a pris la place de cette ſécurité qui char- » mait tous mes ſens. » Ah, mon cher Vorcelles ! .. Le Ciel ne nous a-t-il pas aſſez puni ! ..

Mr. DE FRANCEVAL *avec chaleur.*

Ma tendre amie, ſi ta faibleſſe ne te permet pas de ſurmonter tes craintes, tâche au moins de n'être pas ſans confiance. Chère épouſe, nos cœurs ont-ils à ſe reprocher des actions criminelles ? Une conſcience pure ne nous aſſure-t-elle pas de toute notre vertu ? Cette Providence céleſte, qui nous a fait ſupporter nos malheurs, ne nous refuſera pas la protection qu'elle accorde aux êtres religieux, humains & compatiſſans. Si la nature alarmée te fait voir ta fille en proie à une agitation que tu aurais dû prévoir, pourquoi ne te préſente-t-elle pas l'aſpect conſolant d'un père, qui voudrait peut-être hâter le moment où il aura le plaiſir de t'embraſſer ? Vois ce père vénérable renaître dans les bras d'une fille chérie, qu'il ſe reprochera d'avoir trop punie; il ne ſe rappellera notre imprudence, que pour en répéter le pardon ; tu recueilleras les larmes que le ſouvenir d'une ſévérité cruelle lui fera verſer.....

Mad. DE FRANCEVAL *attendrie.*

Ah, mon ami ! combien la douleur ne lui en a-t-elle pas fait répandre ! Une fille ingrate, qu'il a cru séduite... S'il avait connu la beauté de ton ame, s'il pouvait se représenter combien son inflexibilité nous a fait souffrir....

Mr. DE FRANCEVAL *vivement.*

S'il connaissait les peines que sa rigueur nous a causé, il nous serait moins doux de les lui retracer; nos soins, nos attentions fourniront à sa vieillesse des charmes que notre gendre & notre fille nous feront goûter à leur tour. Conduits par le repentir, rassemblés par l'amour, nos desirs, nos transports, nos vœux seront les mêmes.... Je suis pénétré de ces images ; & dans une heure, dans un moment Saint-Fleurisse arrive ; il va nous assurer notre sort ; cet espoir devient une réalité. Ce digne bienfaiteur va partager le bonheur dont il a été l'instrument ; notre chère Lucie, en couronnant son amour, va payer sa générosité. Pères heureux, enfans soumis & tendres, notre repos établi par la nature, fondé sur l'amitié, va s'entretenir par les soins affectueux du devoir & de la reconnaissance. Partage la douce émotion que me fait éprouver la certitude de te sçavoir heureuse. Que tes soupçons désespérans cèdent au sentiment qui m'inspire. Ah, ma tendre épouse ! l'instant où je te verrai croire à notre félicité, est celui où je commencerai d'en jouir.

Mad. DE FRANCEVAL.

J'y crois, mon cher ami ; va, je me reprocherais d'avoir retardé ton bonheur ; une femme chérie d'un mari qu'elle adore, peut-elle connaître des peines que l'amour ne rende supportables ?

SCENE VI.

Mr. & Mad. DE FRANCEVAL, ROSETTE.

ROSETTE *accourant avec gaieté.*

MADAME, Monſieur, le Valet de Monſieur de Saint-Fleuriſſe... il arrive... il eſt dans la cour... il fait claquer ſon fouet. Ah! il eſt bien joyeux.

Mr. DE FRANCEVAL.

Et tu n'es pas fâchée de le voir non plus, n'eſt-ce pas?

ROSETTE.

Mais, Madame ſçait bien que nous ne nous haïſſons point. Si les choſes réuſſiſſent... Monſieur nous a promis... Ah! tenez, le voilà.

SCENE VII.

RENÉ, LES PRÉCÉDENS.

Mr. & Mad. DE FRANCEVAL *enſemble.*

EH! te voilà, René? Bonjour.

Mr. DE FRANCEVAL.

Et ton Maître, où eſt-il?

RENÉ.

Dans l'inſtant il eſt ici, Monſieur; je l'ai laiſſé à la dernière Poſte. Monſieur & Madame ſe ſont toujours bien portés? Mon Maître eſt bien impatient d'arriver; nous n'avons pas ménagé nos montures...

A propos, & Mademoiselle Rosette, comment vont les plaisirs ?

ROSETTE.

Fort bien, fort bien, Monsieur le Postillon ; & vous, la fatigue ?

RENÉ.

Ah, comme cela ... la, la.

Mr. DE FRANCEVAL *à sa femme.*

Allons au devant de notre bon ami... nous pourrons l'attendre au bout de l'avenue. (*Il baise la main de Madame de Franceval, & lui dit.*) Eh bien ! femme tremblante, ces idées noires subsistent-elles toujours? Venez vous convaincre que vos craintes ne sont que des chimères... René, tu sçais le chemin de l'office, n'oublie pas de te rafraîchir. (*Ils sortent.*)

RENÉ.

Ma foi, Monsieur, pour ne pas l'oublier, j'y vais tout de suite ; j'aime à ne pas négliger mes commissions.

SCENE VIII.

ROSETTE *seule.*

NE pas négliger ses commissions.... C'est fort bien fait. Mais, Monsieur René, sans vous déplaire, vous n'êtes pas trop galant. On l'attend, on croit qu'il n'arrivera jamais ; il arrive ... on ne peut pas lui déguiser le plaisir qu'on ressent de le voir ... & son premier soin est d'aller se rafraîchir : en vérité, les filles qui ont du pench[illegible] certains hommes, sont bien malheureuses ; [illegible] ait que Francœur devînt amoureux de moi . [illegible] s'il ne l'est pas déjà.

C'est dommage qu'il soit si brusque, il pourrait. . . Oui, oui, Monsieur René, il me plaira . . . pour vous faire enrager : il est brusque, eh bien, le talent d'une jolie femme est d'apprivoiser un homme sauvage ; & puis il ne l'est pas à un point. . . Je crois que je commence à l'aimer. . . Le voilà. . . Je crois que je ne l'aime plus.

SCENE IX.

ROSETTE, FRANCŒUR.

FRANCŒUR.

Mademoiselle Rosette, quel est cet original que je viens de rencontrer dans l'office ? Botté... crotté. . .

ROSETTE *très-gaiement.*

C'est un homme qui vient de descendre de cheval.

FRANCŒUR.

Je le sçais bien. . . Mais qui est-il ?

ROSETTE *malicieusement.*

Il se rafraîchit, parce qu'il a couru la poste ; c'est mon amoureux.

FRANCŒUR.

C'est votre amoureux ; il a couru la poste ; cela m'avance beaucoup. . . Dites-moi donc qui c'est ?

ROSETTE.

C'est. . . Monsieur René.

FRANCŒUR.

Monsieur René ; & qu'est-ce que c'est que ce Monsieur René ?

ROSETTE.

C'est le Valet de Monsieur de Saint-Fleurisse.

FRANCŒUR.

Ah ! je m'en ſuis douté. . . Et le Maître où eſt-il ?

ROSETTE.

Monſieur & Madame ſont allés juſqu'au bout de l'avenue au devant de lui.

FRANCŒUR.

Il ſera donc ici décidément aujourd'hui ?

ROSETTE.

Dans une heure.

FRANCŒUR.

Ah ! ventrebleu. . . Dites-moi, Mademoiſelle Roſette, quel homme eſt-ce que ce Monſieur de Saint-Fleuriſſe ? eſt-il aimable ?

ROSETTE.

Qu'eſt-ce que cela vous fait ? (*ironiquement.*) A quel chapitre en êtes-vous actuellement de vos méditations guerrières ?

FRANCŒUR *à part.*

J'en ſuis à battre en retraite. (*à Roſette.*) Mais parlons ſérieuſement. Tenez, en conſcience, je ſerais fâché que Mademoiſelle Lucie épousât un homme qui ne ſerait pas à ſa fantaiſie.

ROSETTE.

Eh bien, il l'eſt, Monſieur, conſolez-vous.

FRANCŒUR.

Eſt-ce un Militaire ?

ROSETTE.

Non, vraiment.

FRANCŒUR.

Ce n'eſt pas un homme de Robe ?

ROSETTE.

Non, c'eſt un Abbé.

FRANCŒUR.

Ne plaisantez donc pas... Dites, dites-moi donc, je vous en prie, comment ce mariage s'est-il arrangé?

ROSETTE.

De quoi vous mêlez-vous? Tenez, ne faut-il pas rendre compte à Monsieur. Quand vous sçaurez répondre aux questions qu'on vous fait, on sçaura satisfaire aux vôtres. Et puis, si vous êtes si curieux; tenez, le voilà cet original; vous pouvez l'interroger, il vous instruira mieux que moi, car il en sçait davantage; accommodez-vous.

SCENE X.

FRANCŒUR, ROSETTE, RENÉ.

RENÉ.

AH! ma belle Rosette, nous pouvons à présent nous expliquer. Commençons par t'embarrsser; il ne me manque plus cela pour me remettre.

ROSETTE *malignement*.

Vous êtes trop honnête, Monsieur, je n'ai pas le temps, j'ai affaire ailleurs; pour ne pas oublier de vous quitter, je m'en vais tout de suite... J'aime à ne pas négliger mes commissions... Adieu, Monsieur Francœur.

SCENE XI.

FRANCŒUR, RENÉ.

(*Ils se regardent beaucoup.*)

FRANCŒUR *riant.*

Elle est drôle cette fille-là.

RENÉ *fâché.*

Mais, oui ; elle est singulière.

FRANCŒUR *à part.*

Je ne sçais pas, ce Monsieur René commence déjà à me déplaire.

RENÉ *à part.*

Ce Monsieur Francœur aurait-il fait changer les inclinations de Rosette ?

FRANCŒUR *à part.*

Il pourrait pourtant m'instruire de bien de choses, faisons-le jaser.

RENÉ *à part.*

Il faut que je sçache à quoi m'en tenir. (*à Francœur d'un ton tres-cérémonieux.*) Monsieur est apparemment attaché à la maison ?

FRANCŒUR *du même ton.*

Oui, Monsieur ; mes occupations me fixent ici.

RENÉ *toujours du même ton.*

Monsieur n'est pas celui qu'on a retenu pour être Valet-de-chambre de mon Maître, lorsque je vais avoir l'honneur d'être son Intendant ?

FRANCŒUR *du même ton.*

Non, Monsieur, je suis à Monsieur de Franceval.

RENÉ *avec simplicité.*

Ah ! c'eſt Monſieur qui a remplacé Bertrand, qui eſt mort en revenant d'Eſpagne ?

FRANCŒUR.

Monſieur, je ne ſçais pas ſi Bertrand eſt mort ; mais je ſuis à Monſieur de Franceval, comme vous êtes à Monſieur de Saint-Fleuriſſe.

RENÉ.

Mademoiſelle Roſette l'aimait bien ce Bertrand ; (*à part.*) elle ne l'a jamais vu. (*à Francœur.*) Ne l'auriez vous pas remplacé auſſi auprès d'elle ?

FRANCŒUR.

Eſt-ce qu'elle aime les remplacemens comme cela, Mademoiſelle Roſette ? Vous la connaiſſez bien avant moi ?

RENÉ.

Depuis qu'elle eſt avec Madame de Franceval.

FRANCŒUR.

Et votre Maître, depuis quand le ſervez-vous ?

RENÉ.

Il y a vingt ans.

FRANCŒUR.

Et combien le ſervirez-vous encore ?

RENÉ *bonnement.*

Mais tant qu'il voudra ne pas me renvoyer. Je lui ſuis attaché ; il va ſe marier, j'en ferais volontiers autant. Me conſeilleriez-vous ? . . .

FRANCŒUR.

Il va ſe marier. C'eſt donc une affaire conclue ?

RENÉ.

Ah ! c'eſt comme ſi cela était fait ; c'eſt décidé depuis ſi long-temps ; il n'aura pas de repos que cela ne ſoit fini, ni moi non plus.

FRANCŒUR.

Mais on ne vous attendait pas sitôt.

RENÉ.

Il est vrai ; mais nous nous sommes hâtés. . . . . Nous avions un bon guide.

FRANCŒUR.

Eh ! qui donc, s'il vous plaît ?

RENÉ.

L'amour.

FRANCŒUR.

L'amour... Vous êtes donc le serviteur de l'amour ?

RENÉ.

Oui, c'est lui qui.....

FRANCŒUR.

Eh bien, le diable m'emporte si on prend jamais le Serviteur pour le Maître. Et, dites-moi, quelles raisons vous avoient éloigné d'ici ?

RENÉ.

Comment ! vous ne sçavez donc pas, vous n'êtes pas instruit ? . . .

FRANCŒUR.

Non ; dites-moi, dites-moi ?

RENÉ.

Monsieur de Franceval ne vous a rien confié ? Cela étant, je ne vous en apprendrai pas davantage. (*à part.*) Rosette ne l'aime pas ; elle lui aurait déjà tout conté. . . Au revoir, Monsieur.

FRANCŒUR.

Monsieur toi-même. . . Je suis un grand sot ; il allait me dire tout. Ecoutez donc, écoutez donc ?

RENÉ.

Non. Bonjour.

FRANCŒUR *se fâchant.*

Veux-tu bien rester ? Eh ! ne m'échauffe, pas je t'en prie.

RENÉ.

Qu'est-ce que vous voulez ?

FRANCŒUR *très-brusquement.*

Tu te moques de moi, je crois. Prends garde que je ne t'apprenne à vivre. Veux-tu bien ne pas rire ? Est-ce que je suis plaisant ?

RENÉ.

Non ; mais il m'est permis de n'être pas triste.

FRANCŒUR.

Je veux que tu le sois ; reste-donc... Allons, parle.

RENÉ.

Parlez vous-même.

FRANCŒUR.

Qu'est-ce que fait ton Maître ?

RENÉ.

Il ne fait rien, il se repose.

FRANCŒUR.

Il se repose ; il n'est donc pas Officier ?

RENÉ.

Officier... Ah ! vous ne sçavez ce que vous dites.

FRANCŒUR.

Tu n'en a jamais servi d'Officiers ?

RENÉ.

Non ; car on m'a toujours bien payé mes gages.

FRANCŒUR.

Tu n'as pas été au service non plus ?

RENÉ.

Non plus ; mais j'ai un frère qui y est encore.

FRANCŒUR.

Eh bien, ton frère est un brave garçon ; & toi, tu es un butor.

RENÉ.

Bien obligé.

FRANCŒUR.

Et tu dis que ton Maître va ſe marier ?

RENÉ.

Sans doute.

FRANCŒUR.

Tu en as menti.

RENÉ.

Vous avez tort ; la preuve que je ne ments pas ; c'eſt que je dis la vérité

FRANCŒUR.

Et tu ſonges peut-être à épouſer Roſette ?

RENÉ.

Comme vous voudrez.

FRANCŒUR.

Tu en as encore menti.

RENÉ.

Cela ſe peut bien ; en tout cas, je vais m'en informer à elle-même ; je vais auſſi lui demander ſi elle s'eſt apperçue que vous êtes devenu fol. (*Il s'enfuit.*)

FRANCŒUR.

Attends, attends, mon camarade...

RENÉ *s'en allant.*

Vous êtes trop poli. Adieu, adieu... Ne vous dérangez pas.

SCENE XII.

FRANCŒUR *seul, avec humeur.*

IL y a de bonnes gens dans le monde ..... On n'a pas tort de charger ces espèces-là d'apporter de mauvaises nouvelles. Il n'y a pas moyen de se fâcher avec un homme comme cela ; on lui donne des démentis, c'est doux, c'est tranquille ; j'enrage ... Ah, double firmament ! je ne suis pas plus avancé qu'auparavant de lui parler. Mr. de Fontreuil mourra de chagrin, si le Maître de ce butor-là nous enlève Mlle. Lucie. Nous l'enlever ! ... Je ne le souffrirai pas ; il ne l'épousera pas, ... non, c'est dans ma tête ; quand le diable s'en mêlerait, elle nous restera ; je l'épouserais plutôt. Ah ! vous voilà, Monsieur ?

SCENE XIII.

GERMAIN, FRANCŒUR.

GERMAIN.

AS-TU vu le Valet de Mr. de St. Fleurisse ? on dit qu'il est arrivé.

FRANCŒUR.

Oui, je l'ai vu ; je lui ai parlé, qui plus est.

GERMAIN.

Eh bien ?

FRANCŒUR.

Eh bien, il ne m'a pas dit un mot de ce que je voulais sçavoir. C'est un animal ; il est vrai que je m'y suis mal pris ; je l'ai arrangé aussi . . . . ah ! je l'ai poussé comme il faut ; mais bon , cela n'est pas sensible . . . . il n'y a rien à faire avec ces gens-là.

GERMAIN.

Ah ! qu'as-tu fait ? Je tremble qu'un zèle mal-entendu ne t'ait fait tout gâter.

FRANCŒUR.

Ne craignez rien. Eh bien , les idées en question? avez-vous combiné tout cela ?

GERMAIN.

Tout est prévu ; il faut que je meure , ou que j'épouse Lucie ; il faut que St. Fleurisse me la cède , ou qu'il m'ôte la vie.

FRANCŒUR.

Il sera ici dans une heure , vous pouvez vous arranger là-dessus d'abord,

GERMAIN *avec beaucoup d'expression.*

Tout est arrangé. Lucie ne doit pas tarder à se rendre ici ; si mon amour peut la toucher , si mon désespoir peut la déterminer , je vais lui offrir un asyle contre les persécutions de ses parens , & la nécessité d'épouser un homme qu'elle n'aime pas. Un Couvent qui n'est qu'à deux lieues d'ici, la préservera des interprétations méchantes qu'on pourroit donner à sa démarche , une fois éloignée. . . J'ai pris des mesures pour satisfaire également mon honneur & ma flamme.

FRANCŒUR.

Mais , Monsieur , dans tout cela , est - ce que je resterai à rien faire ? jusqu'à présent je ne vois pas trop . . . .

GERMAIN.

Tu ne me seras que trop nécessaire. Tâche de ne

te pas écarter des moyens que je vais t'expliquer, la moindre imprudence les ferait tourner à notre confusion. L'entretien que je vais avoir avec Lucie, décidera de la façon de les mettre à exécution ... Si elle consent à s'éloigner ....

FRANCŒUR *vivement.*

Notre chaise est encore dans le village ; les deux fils de notre hôte nous sont dévoués ; il ne ser apas difficile de la faire partir.

GERMAIN.

C'est ce qui m'inquiète le moins ; mais après son départ, écoute bien ceci, tu ne t'éloigneras pas .... voilà deux Lettres.

FRANCŒUR.

Bon.

GERMAIN.

L'une est pour Mde. de Franceval ; je lui découvre mon nom, mon amour & mes intentions.

FRANCŒUR.

Je vous entends.

GERMAIN.

Tu la lui feras remettre par quelqu'un d'adroit, qui puisse te rendre compte de l'effet qu'elle aura produit.

FRANCŒUR.

Ne vous embarrassez pas.

GERMAIN.

L'autre est pour St. Fleurisse ; je vais te la lire ; il est essentiel que tu sçaches ce qu'elle contient.

BILLET.

MONSIEUR, Votre arrivée & vos projets dérangent ceux d'un homme que vous mettez au désespoir ; n'imputez qu'à vous tout ce qui peut arriver ici d'extraordinaire. Si l'estime de Mademoiselle Lucie ne vous suffit pas, si vous avez assez d'ambition pour prétendre à sa main, vous devez avoir assez de valeur pour la disputer. Trouvez-vous seul ce soir, à neuf heures, au bout du parc, à l'entrée du bois.... L'un de nous deux n'en sortira plus. Je suis votre rival. DE FONTREUIL.

S'il est brave, s'il aime Lucie autant que moi, le courage & les armes décideront de la justice de nos prétentions.

FRANCŒUR *avec chaleur.*

Bien, Monsieur, bien.... je suis votre garant; la victoire ne sera pas douteuse.... Mais moi, Monsieur, il faudra que je reste à vous regarder.... Ah! si ce maudit René voulait suivre le bon exemple.... Mais il est sourd, il n'entend rien; c'est cela (*il montre son cœur*) qui lui manque.... pourvu que son Maître ne lui ressemble pas.

GERMAIN.

Non, Lucie l'estime; il ne peut pas être lâche.... Mais elle tarde bien; il y a plus d'une heure qu'elle est renfermée..... Si quelque accident... Je crois l'entendre; mon cœur ne me trompe pas, c'est elle. Songe qu'en la quittant il faut être prêt à tout entreprendre.... Elle vient, je tremble.... je n'en puis plus.

(*Lucie va pour traverser le Théatre; Francœur va au devant d'elle.*)

SCENE XIV.

LUCIE, FRANCŒUR, GERMAIN.

FRANCŒUR.

MADEMOISELLE, nous sommes ici.

LUCIE *d'un ton contraint.*

Que m'importe, laissez-moi, laissez-moi.

FRANCŒUR.

Venez, venez, Mademoiselle; il est dans le secret; il était trop chagrin; je n'ai pu lui cacher que vous m'aviez promis de venir ici.

LUCIE *rougissant.*

Mais je ne vous l'ai point promis; qu'est-ce que cela veut dire?.... Je cherche mon père, ma mère, où sont-ils donc?

FRANCŒUR.

Ils viennent de sortir; ils sont allés jusqu'au bout de l'avenue au devant de votre prétendu.... vous avez le temps.... Je suis là..... Il a bien des choses à vous dire. Ayez de la patience, Mademoiselle, j'aurai l'œil à tout; je vous avertirai quand nos gens seront de retour.

SCENE XV.

LUCIE, GERMAIN.

GERMAIN.

AH, Mademoiselle!

LUCIE.

Que voulez-vous dire?

GERMAIN.

Mademoiselle, si vous sçaviez !

LUCIE.

Eh bien, que faut-il que je sçache ? Croyez-vous que j'aurai la foiblesse de vous écouter ?

GERMAIN.

Mais c'est de la pitié que je vous demande.

LUCIE.

De la pitié ; vous êtes donc bien malheureux.

GERMAIN, *avec beaucoup d'action pendant toute la Scène.*

Malheureux !.. Mademoiselle, je suis désespéré. St. Fleurisse arrive, il sera ici dans une heure, vous l'épouserez dans trois jours, & vous doutez que je sois à plaindre : votre cruauté se fait un jeu de m'affliger. Pouvez-vous ignorer que je vous aime ?

LUCIE *un peu confuse.*

Mais vous me l'avez dit tant de fois, qu'il faudrait être bien incrédule...

GERMAIN.

Il faudrait être barbare ; car enfin toutes mes actions ne vous ont-elles pas convaincu de l'empire que vous avez exercé sur ma volonté ? S'est-il passé un moment, où je n'aie fait tacitement vœu de vous aimer toujours ? & cependant, Mademoiselle, quel prix ai-je reçu de ma constance ? Mon respect, ma soumission, ma fidélité, mon amour, n'ont été payés que par des rigueurs désespérantes : une compassion stérile, des complaisances froides, voilà pourtant où j'en suis ; j'ai tout sacrifié pour m'abandonner à un esclavage qui me rendra, peut-être, éternellement misérable.

LUCIE.

Cet esclavage est volontaire, Monsieur ; c'est un joug auquel vous me ferez beaucoup de plaisir de vous soustraire. Ces soins que vous faites valoir, sont des outrages dont je dois me plaindre ; vous avez négligé votre état, votre famille doit être irritée contre vous ; vous en attendiez des nouvelles, que vous m'avez sans doute cachées ; vous avez eu l'audace de vous introduire ici malgré ma défense ; je suis assez peu courageuse, pour ne pas résister à des sollicitations offensantes, assez faible pour vous écouter, lorsque je devrais vous fuir : croyez-vous qu'il y ait dans tout cela quelque chose qui puisse tourner à ma gloire ? Ajoutez le danger. . . .

GERMAIN.

Le danger ! . . . Me croyez-vous capable . . . Ah, Lucie ! suis-je devenu méprisable à vos yeux ? J'aimerais mieux que vous me haïssiez.

LUCIE.

Monsieur, je ne hais jamais personne, pas même ceux qui troublent mon repos.

GERMAIN.

Si vous vouliez autant de mal que moi, à ceux qui viennent troubler le nôtre. . . . Ce Mr. de Saint-Fleurisse, par exemple.

LUCIE.

Soyez circonspect ; ménagez-le, je vous prie ; c'est un homme estimable.

GERMAIN *avec dépit.*

Je le sçais ; oui, il faut, pour mon malheur, que cet homme-là ait des qualités, des vertus, qu'il se fasse estimer. Cela n'est-il pas désolant ? Mais il ne suffit

ſuffit pas d'eſtimer ſon mari pour être heureuſe ; il faut un autre ſentiment ; il faut que deux époux, aſſurés mutuellement de leur tendreſſe, laiſſent à leur paſſion le ſoin de changer en plaiſir des devoirs rebutans, lorſqu'un penchant doux & naturel n'invite pas à les remplir. Pardonnez-moi ſi j'oſe réclamer les droits que vous m'avez donnés ſur votre cœur ; mais je connais votre ame, la vérité y habite, elle n'eſt point fauſſe ; vous avez paru brûler des feux dont vous m'avez enflammé. . . . Oui, ſi la pudeur & la modeſtie ne vous en euſſent empêché, vous m'auriez dit cent fois que je ne vous étais pas indifférent.

LUCIE *avec attendriſſement.*

Si vous me l'euſſiez été, je n'aurais pas à me reprocher tant d'imprudence. . . . Mais, Germain, eſt-ce en me rendant ingrate envers mes parens, que vous voulez connaître les impreſſions que vous avez faites ſur un cœur qui n'a pu ſe défendre de vous croire ſincère ? Germain, vous ſeriez un homme odieux & vil, ſi vous abuſiez de ma bonne foi. Il n'y a qu'à rougir d'une victoire qu'on obtient par la perfidie.

GERMAIN *avec douleur.*

Moi, perfide ! Ah ! ſi j'avais ce crime à expier, vos ſoupçons ſuffiraient pour m'en punir. Quels ſeront donc les indices d'un cœur vertueux, ſi le langage de la vérité n'eſt pas diſtingué de celui de la ſéduction ; ſi Lucie peut m'accuſer d'artifice ?

LUCIE *avec candeur.*

Non, Germain, non, je crois que vous êtes incapable de m'abuſer ; je vais vous en convaincre. La pureté de vos intentions m'engage à ne pas vous déguifer les miennes : j'approuve tout ce que la prudence vous permettra de tenter, pour me fouftraire à un malheur que je crois inévitable ; fi vous changez les difpofitions de mes parens, j'en ferai reconnaiffante, autant que vous en ferez fatisfait. Mais fongez, s'ils perfiftent, que leur refus eft un décret auquel il ne m'eft pas permis de défobéir ; que la fageffe conduife vos démarches.

SCENE XVI.

LUCIE, FRANCŒUR, GERMAIN.

FRANCŒUR.

Monsieur, tout le monde arrive, tout le monde eft arrivé, Mr. de St. Fleuriffe auffi ; il lui eft furvenu quelque accident ; je ne fçais ce que c'eft ; mais on s'informait s'il était bleffé.

LUCIE.

Bleffé ! ah ciel ! que ferait-ce donc ?

GERMAIN *outré.*

Cela n'eft-il pas fait pour moi ? Il faut que cet homme fe rende toujours intéreffant.

LUCIE.

Vous êtes fol.

FRANCŒUR.

Ils font dans la cour... Si l'on vous demande, Mademoifelle, je me chargerai d'aller vous avertir.

SCENE XVII.

LUCIE, GERMAIN.

GERMAIN.

IL n'eſt donc plus d'eſpoir pour moi que dans vos bontés.

LUCIE.

Séparons-nous. . .

GERMAIN.

Chère amante . . . tout va ſe réunir contre moi ; que puis-je oppoſer aux forces qui vont m'accabler ?

LUCIE.

Les aſſurances que je vous ai donné, le peu de réſiſtance que j'ai fait à prêter à vos efforts des ſecours néceſſaires pour les rendre puiſſantes.

GERMAIN.

Mais vous allez voir cet homme qu'on vous deſtine ; il va s'élever au-deſſus de lui-même pour vous plaire.

LUCIE *avec beaucoup d'émotion & de trouble.*

Ah, Germain ! n'abuſez pas de mon trouble . . . ne vous faites pas voir plus malheureux que vous ne l'êtes ; n'augmentez pas la terreur que fait naître mon égarement . . . . Je rougis des reproches que cet homme dont vous parlez aurait à me faire, s'il devenait mon époux ; il eſt plus à plaindre que vous ; je le ſuis plus que lui ; ma ſituation me fait frémir. . . Soyez prudent ; . . . je hazarderai tout ce qui ne me rendra pas coupable. Que la confiance vous faſſe entreprendre ; mais ſi vous ne pouvez réuſſir, que le courage nous reſte, pour nous aider à ſoutenir notre infortune.

Fin du ſecond Acte.

ACTE III.

SCENE PREMIERE.

LUCIE *seule (avec désordre dans le débit.)*

OU me conduit ma douleur ! où pourrai-je déposer le fardeau qui m'accable ! .... Comment ai-je pu me croire assez de force pour soutenir la contrainte que je me suis imposée ? Mon père.... ma mère ... ils se livrent tous au plaisir ... ils m'en faisaient hommage ... Tous leurs vœux semblaient remplis, & je ne m'occupais que des moyens de renverser leur bonheur. Où trouverai-je du soulagement ? Qui pourra calmer cette agitation furieuse qui m'emporte ! ... qui pourra dompter la violence d'une passion qui m'égare ! Malheureuse ! l'objet que je devrais fuir, est celui que je souhaite..... Cet homme qui m'a rendue étrangère à tous ceux qui me touchent.... qui s'est emparé de tous les sentimens qui me les rendaient chers, me paraît seul capable de m'éclairer sur mon sort. *(elle s'assied, & pleure.)* O ma respectable mère ! .. venez fournir à votre fille des armes pour se défendre ... venez lui montrer la route qui ramène un cœur faible à la vertu. Ce cœur est le vôtre ... c'est un esclave impuissant contre l'amour .... Ah, Dieux !

SCENE II.

LUCIE, GERMAIN.

GERMAIN *tendrement.*

AH ! ma chère Lucie, j'étais inquiet ; le dîner était à peine fini, on m'a dit que vous étiez ſortie.... Votre mère vous croit dans votre chambre ... ils ſont tous au jardin ... Mais que vois-je ? vous pleurez .... qui peut vous affliger ?

LUCIE *avec beaucoup d'action.*

Vous, homme cruel, homme dangereux, qui vous faites une jouiſſance des peines que vous me cauſez : vous ne connaiſſez pas le ſupplice où j'étais pendant tout le repas ; vous ne m'avez pas vu à côté de ma mère.... baiſſer les yeux devant mon père.... n'oſer regarder en face cet époux prétendu que vous me forcez de haïr. Concevez-vous quelle était l'horreur de ma ſituation ? & croyez-vous que je puiſſe la ſoutenir long-temps ?

GERMAIN *avec chaleur.*

Quoi ! vous êtes aſſez injuſte pour me reprocher vos tourmens !... Celui qui vous adore eſt accuſé de faire couler vos pleurs... Ah, Lucie ! eſt-ce à vous de m'ôter l'eſpoir qui m'anime ? Laiſſez agir la deſtinée.

LUCIE.

Mais enfin, Monſieur, que voulez-vous que je devienne ? Abuſerai-je plus long-temps de la confiance d'un homme généreux, qui ſacrifie tout à l'amitié qu'il a pour mes parens ? .... Inſenſé... je ſuis, me voilà donc réduite à devenir fauſſe, artificieuſe.... Ne l'eſpérez pas... jamais je ne pourrai m'y réſoudre, Germain : l'honnêteté excuſe une erreur, mais elle ne pardonne pas un menſonge.

GERMAIN.

Il m'eſt auſſi en horreur qu'à vous-même... Ma divine amie!... je m'expoſerais plutôt à vous perdre, que de vous conſeiller d'établir notre repos ſur un abus ſi criminel de la probité des autres : il eſt des moyens plus nobles pour réuſſir; j'ai cru qu'il faudrait commencer par inſtruire votre mère.

LUCIE.

Oui ſans doute, c'eſt elle qui peut ſeule écarter les maux que je prévois... Mais de quelle fermeté ne faut-il pas s'armer, « pour oſer contredire toutes ſes » vues! Si vous connaiſſiez la néceſſité de cette » alliance!.. » ſi vous ſçaviez combien ma mère croit toucher de près à la félicité! & il faudra que ce ſoit ſa fille qui la rappelle à la douleur!

GERMAIN.

Non, c'eſt moi qui dois m'expoſer à ſon courroux... il faudra ſeulement vous prêter à des arrangemens : il n'eſt qu'un ſeul moyen pour nous conduire au terme qui doit nous unir.

LUCIE.

Nous unir! notre ſituation peut-elle nous permettre de nous en flatter?... Germain, il faut eſpérer moins, ſi nous voulons être moins miſérables; il y a de l'impoſſibilité; quels moyens pourraient la détruire.

GERMAIN *du ton le plus ſéduiſant, & avec un redoublement d'intérêt.*

Du courage, de l'amour & de la hardieſſe; il faut

n'avoir qu'un but, celui de réussir : le succès peut seul nous justifier. Armez-vous des forces nécessaires pour combattre jusqu'à la tendresse de votre mère ; la moindre faiblesse nous causerait des maux irréparables : vous allez voir Mde. de Francevai, ouvrez-lui toute votre ame ; ne craignez pas de lui en dire trop, si vous voulez l'instruire assez : qu'aucune réserve ne lui laisse de retour à l'exécution de ses desseins ; que l'expression la plus sincère lui prouve combien vous avez de répugnance à les accomplir ; qu'un intérêt naïf & touchant, puisse étouffer chez elle jusqu'au germe du ressentiment. Si elle était inexorable ... si la crainte vous ôtait les facultés de la persuader . . . si notre malheur était prononcé : écoutez-moi, Lucie, mais sur-tout écoutez-moi sans scrupule ; avec moins de probité & d'honneur, je n'oserais vous proposer la seule ressource qui nous reste ; il est un Couvent à deux lieues d'ici ; la Supérieure vous connaît ; vous y avez été quelquefois. . . . Ma chaise sera prête ; j'aurai des gens pour vous conduire ; vous vous y réfugierez ; cet asyle vous dérobera à la nécessité de consentir à un hymen qui vous révolte. Vous n'osez me regarder, Lucie... Vous ne répondez rien. Craindriez-vous celui que vous aimez. . . . Pourriez-vous douter de la droiture de mes intentions ?

LUCIE *commence avec réflexion, & s'échauffe par degrés.*

Si j'en doutais, je n'aurais pu entendre qu'avec indignation la proposition que vous me faites. Vous regardez cette démarche comme une précaution utile, mais il faut attendre qu'elle soit nécessaire. J'ai rappellé, pendant que vous m'avez parlé, toutes les lumières que la sageſſe peut encore me fournir ... Je crois avoir conſulté la raiſon ; je crains bien de n'avoir écouté que l'amour : cependant le danger eſt preſſant, les momens ſont précieux ; je ſens qu'il faut me réſoudre à paſſer ma vie dans une contrainte & des peines qui en abrégeraient le cours, ou à faire à ma mère l'aveu du penchant qui me force à lui déſobéir; je vais tenter auprès d'elle tout ce que le reſpect & la vérité me forceront à lui expoſer, pour la faire renoncer à des projets dont je connais l'importance : je ne vous promets pas d'oſer combattre les raiſons qui me font une loi de les accomplir ; mais ſi l'aſcendant de ſes bienfaits m'ôte le courage de lui accuſer toute mon ingratitude, Germain, je ne pourrais ſupporter ſa colère ; je livre à votre vertu le ſoin de conſerver la mienne : vous connaiſſez la demeure d'une Payſanne qui tient une ferme au bout du parc,

GERMAIN *vivement.*

Près d'une lieue d'ici, à l'entrée du bois, où vous alliez promener ſouvent, où j'ai eu le bonheur de vous rencontrer quelquefois.

LUCIE *avec trouble.*

Préciſément. . . . L'attachement de cette femme m'eſt connu ; c'eſt elle qui m'a nourrie ; nous l'avons amenée d'Eſpagne, & établie ici ; elle a toute ma confiance ; elle n'ignore pas une partie de mes ſentimens pour vous. Vous me ferez accompagner chez elle ; vous ne me ſuivrez point, vous reſterez ici, vous diſpoſerez du reſte. . . . Tâchez d'épargner un éclat qui me rendrait criminelle : je ſuis peut-être trop engagée pour éviter de le paraître ; mais votre conduite ſeule pourra diminuer le blâme que j'aurai mérité. Je ne vous reverrai que pour apprendre le ſuccès de vos efforts. . . . Puiſſe-t-il nous être favorable. S'il eſt contraire à nos vœux, le Couvent dont vous avez parlé me ſauvera la honte de paraître aux yeux de ceux qui connaîtront ma faute.

GERMAIN *très-affectueuſement.*

Ma tendre amante, ne changerez-vous point de réſolution ?

LUCIE.

Non, Germain. Je ſuis prête à entrer, s'il le faut, tout-à-l'heure, dans la retraite où je dois enſevelir mes erreurs.

SCENE III.

LUCIE, GERMAIN, FRANCŒUR.

FRANCŒUR.

AH ! vous voilà, Monſieur ; ſortez, ſortez ; on a quitté le jardin, tout le monde rentre ici. (*bas à Germain.*) Tout eſt prêt. Comment vont les affaires ?

GERMAIN *à Francœur.*

Suis-moi. . . . Ma chère Lucie, ſongez que je ne puis être heureux ſans vous.

LUCIE *d'un ton décidé.*

Soyez tranquille . . . . vous avez ma parole . . . . elle eſt ſûre. J'éprouve même du ſoulagement depuis que je ſuis décidée : c'eſt une conſolation dans ſes maux, que de ne plus dépendre de l'incertitude . . . . éloignez-vous.

GERMAIN.

Ah, ma chère Lucie !

LUCIE.

Éloignez-vous donc ... attendez le moment où je ſortirai. Prenez garde que votre imprudence ne nous oppoſe des obſtacles, que nous n'aurions pas le temps de détruire. Adieu .... adieu.

SCENE IV.

LUCIE *avec crainte.*

ME voilà donc expoſée à renoncer pour toujours à ceux qui me ſont chers. .... Voilà, peut-être le dernier jour où je ſerai pour eux un objet de ſatisfaction. ... Ils ſont contens, & je vais les abandonner à la triſteſſe. ... Et cependant l'honneur m'oblige à ceſſer de feindre...... Ils approchent.... Comment ſoutenir leur aſpect? .. Ah! ... Celle qui craint les regards des autres, ne ceſſe-t-elle pas déjà d'être innocente aux ſiens?

SCENE V.

LUCIE, Madame DE FRANCEVAL, St. FLEURISSE, Mr. DE FRANCEVAL.

Mr. & Mad. DE FRANCEVAL *enſemble.*

EH! voilà Lucie.

Mad. DE FRANCEVAL.

Que fais-tu donc ici?

LUCIE *inquiète.*

Je vous cherchais .... je vous deſirais.

Mad. DE FRANCEVAL.

Ma chère enfant, nous te croyions occupée à t'ajuster ; tu te plais bien en négligé depuis quelques jours.

St. FLEURISSE *très-gracieusement.*

Mademoiselle n'a pas besoin de parure ; si j'osais la prier de quelque chose, ce serait de n'en jamais faire.

Mr. DE FRANCEVAL *gaiement.*

Ah ! sans doute ; mais les femmes....

Mde. DE FRANCEVAL.

Les femmes sont enchantées de plaire, c'est leur jouissance.... Pour les hommes, c'est un travail.

St. FLEURISSE *avec beaucoup d'honnêteté.*

C'est qu'ils ont plus de fraix à faire pour y réussir. Mais, sçavez-vous que rien n'est plus parfait que votre Château. Depuis six mois que je l'ai quitté, il n'est pas reconnaissable ; il est embelli ... il est charmant.... comme les maîtres .... vous devez être fâchés de l'abandonner.

Mr. DE FRANCEVAL.

Effectivement, nous n'avons rien négligé pour le rendre agréable ; nous nous étions résignés à y rester long-temps..... Il fallait un zèle comme le vôtre, mon cher négociateur, pour nous faire sortir de notre exil.

St. FLEURISSE.

Ne parlez pas, je vous prie, des obligations que vous croyez m'avoir. Ne faites valoir que le prix que vous m'en accordez. Je tâcherai de m'en rendre digne. Ce que j'ai fait jusqu'à présent est si peu de chose.... Ne sçavez-vous pas combien votre beau-père aimait votre épouse, sa tendre Julie ? Il ne pouvait en parler sans verser des pleurs. Il est si prévenu d'ailleurs en faveur de notre adorable Lucie, sa chère petite-fille. Il m'enviait le bonheur d'être son époux, il ne se lassait pas de me demander si elle ressemblait à sa mère : en la voyant, il va devenir aussi jeune qu'elle; je n'avais qu'à lui en parler, pour obtenir ce que je lui demandais, ainsi vous voyez qu'il ne m'a pas été difficile de le gagner.

Mde. DE FRANCEVAL.

Monsieur, Monsieur, si votre amitié est assez désintéressée pour ne pas exiger de reconnaissance, de grace permettez-nous de n'être pas ingrats. « Nous » sçavons combien il a fallu d'éloquence pour faire » revenir mon père sur notre compte. Ah! Mr. de » St. Fleurisse, vous avez beau vous en défendre, » vous avez opéré un miracle.

St. FLEURISSE *avec aménité.*

Je vous en conjure, ne me rendez pas confus de n'avoir pu vous être plus utile; je voudrais l'avoir été, je ne serais pas modeste, je m'estimerais tout ce que je pourrais valoir.... Mais, au contraire, ce qui dépendait de moi, a été le plus médiocrement rempli. J'ai peut-être réussi à faire connaître à Mr. de Fontreuil la probité & les vertus de votre mari, j'ai exalté l'attachement inviolable que ce cher ami conserve pour vous, j'ai pénétré votre digne père du sentiment délicieux qui vous unit l'un à l'autre, mais je ne me flatte pas d'avoir été aussi heureux, en lui peignant le mérite & les charmes de Mademoiselle Lucie.... Je l'ai comparée à ce que mon imagination m'a représenté de plus rare & de plus merveilleux; & malgré cela, je suis sincérement persuadé que je n'ai donné qu'une idée très-imparfaite de ses graces & de ses talens.

LUCIE *agitée.*

Monſieur, pardonnez-moi; vous m'honorez beaucoup.

Mad. DE FRANCEVAL.

Vous la faites rougir.

Mr. DE FRANCEVAL.

Allons, ne ſois donc pas honteuſe; vous ſerez plus libres enſemble dans quelques jours: mais briſons là. Mon ami, tenez, laiſſez les éloges de côté, ſinon je vous avertis que nous allons tous nous occuper à faire le vôtre. Vous ſçavez que la matière ne nous manque pas.... Revenons à notre père; je ne puis aſſez en parler.... il eſt donc content.

St. FLEURISSE.

Oui actuellement; il ne l'était pas autant.. lorſque je ſuis arrivé; il eſt ſi impatient de vous voir.... J'ai été forcé de lui avouer que vous étiez en France... » Je vous aſſure qu'il a cruellement ſouffert pendant » que vous avez été ſéparés.... Je l'ai trouvé fort » triſte. » Il était affligé en outre de l'abſence d'un de vos parens, auquel il eſt ſingulièrement attaché; il n'en avait pas eu de nouvelles depuis quatre mois; cela lui cauſait un chagrin très-vif; quelque étourderie mettait ſans doute ce jeune-homme dans le cas de ne pas inſtruire Monſieur de Fontreuil de ſon ſort.

Mad. DE FRANCEVAL.

Mais, c'eſt mon frère, ſans doute, dont vous parlez? Il était bien jeune quand nous avons quitté mon père.

St. FLEURISSE *avec héſitation & d'un air gêné.*

Oui. C'était ci-devant l'héritier de Monſieur de Fontreuil, du moins il paſſait pour tel; mais actuellement ſes prétentions ſont bien différentes.

Mad. DE FRANCEVAL.

Ah ! Monſieur, nous ne ſouffrirons pas qu'il ſoit plus à plaindre que nous, notre réconciliation ne doit pas être pour lui un ſujet de nous haïr.... Ce cher frère, qu'il partage tous nos biens ; l'amitié de mon père eſt le ſeul que nous voulons lui diſputer.

St. FLEURISSE *toujours avec gêne.*

Sa condition ne ſera pas malheureuſe; au contraire, vous aurez une raiſon de plus pour exercer votre généroſité... Il y a un petit myſtère là-deſſous qu'il n'eſt pas encore temps de vous expliquer... Si vous l'exigiez cependant... mais le papa m'a demandé le ſecret.

Mr. DE FRANCEVAL.

N'en parlons plus ; & mon oncle, vous n'avez pas eu occaſion de le rencontrer ?

St. FLEURISSE.

Un procès l'avait appellé à Paris... Il n'en était pas revenu.

Mr. DE FRANCEVAL.

L'inclination qu'il a à plaider, le rendra toujours malheureux.

St. FLEURISSE *avec aiſance.*

Il n'eſt pas d'âge à s'en corriger; c'eſt ſa paſſion comme la chaſſe eſt celle de Monſieur de Fontreuil.

Mr. DE FRANCEVAL.

L'aime-t-il toujours avec fureur ? S'il voulait ſe réſoudre à venir ici, il aurait beau jeu dans notre bois, le grand parc auſſi... A propos, a-t-on averti au Village? Il faudrait prendre des meſures; ces gens qui vous ont attaqué, pourraient s'opiniâtrer dans leurs mauvais deſſeins. Dites-nous donc au juſte, comment cela eſt-il arrivé ?

St. FLEURISSE *fort gaiement.*

Je vous l'ai déjà raconté ; point autre chofe : c'eft un certain frippon, nommé Lourbel, vivant d'induftrie. Il fe trouva à Bordeaux il y a trois ans, & m'efcroqua un jour deux cens louis dans une partie où je jouais par complaifance ; les plaintes réunies de plufieurs honnêtes gens qu'il avait fait fes dupes, le firent chaffer de cette Ville. Je l'ai retrouvé l'année dernière à Lyon, fêté, confidéré, reçu dans toutes les bonnes compagnies ; il jouait très-gros jeu ; tout le monde perdait ; je crus que la probité m'engageait à le faire connaître pour un mal honnête-homme. Effectivement, on l'obferva, on connut fon manège : un Officier mauvais railleur, avec qui il faifait partie, l'ayant pris fur le fait, lui laiffa l'argent volé, & lui fit par furcroît de procédé, une galanterie de quelques coups de canne. L'affaire fut fçue de toute la Ville ; il apprit que j'étais fon apologifte ; il a juré de fe venger fuivant fes principes : voilà la deuxième fois qu'il m'attaque fans fuccès. « Il m'arrêta à mon » dernier voyage près de Bayonne, lui fecond. Il » faut qu'il foit refté dans la Province, & qu'on l'ait » inftruit de mon retour ; il a doublé fes forces. » Ils étaient quatre ce matin ; ils ont fondu fur ma chaife à l'entrée du bois ; quelques Payfans d'une ferme voifine, font heureufement furvenus au bruit des piftolets, ils m'ont fecouru ; je leur ai dit que je venais chez vous ; j'ai eu toutes les peines du monde à les empêcher de m'efcorter, fur-tout un Fermier qui vous paraît extraordinairement attaché.

Mr. DE FRANCEVAL.

C'eft le mari de la bonne Françoife. . . . . Mais, qu'as-tu, Lucie ? Es-tu incommodée.

Mad. DE FRANCEVAL.

Ma chère fille, qu'as-tu ?...

LUCIE *troublée.*

Ma mère, ce n'est rien; je voudrais.... Si nous étions seules.

Mr. DE FRANCEVAL.

Elle est toute changée.

Mad. DE FRANCEVAL *inquiète.*

Veux-tu que je t'accompagne dans ta chambre? Nous serons plus à notre aise.

Mr. DE FRANCEVAL.

Est-ce quelque confidence de jeune fille ? Faut-il vous laisser ?

St. FLEURISSE.

Nous nous retirons : sortons, mon ami. (*à Lucie.*) La première qualité d'un bon mari, est de n'être pas incommode, & je vous prie de croire, Mademoiselle, que je me ferai toujours une loi de ne pas vous déplaire. (*Il lui baise la main, & dit à Mr. de Franceval en sortant.*) Vous me rendez trop heureux.

SCENE VI.

Madame DE FRANCEVAL, LUCIE.

Mde. DE FRANCEVAL.

QUE se passe-t-il donc dans ton ame, ma chère Lucie ? Que présage l'agitation où je te vois ?

LUCIE *avec crainte.*

Ah, ma mère ! commencez par m'assurer de votre indulgence.

Mad. DE FRANCEVAL.

Que veux-tu donc m'apprendre ! Tu pleures, tu parais dans un état violent. Fais-moi partager tes peines,

peines, tout semble nous promettre un avenir tranquille; ton mariage une fois célébré....

LUCIE *avec sensibilité.*

Il ne le sera pas... C'est ce mariage, c'est cet évènement qui doit ramener la paix dans votre famille, qui porte la consternation dans mon cœur.

Mad. DE FRANCEVAL *sévèrement.*

Comment, Lucie....

LUCIE *avec force.*

Ah! ma tendre mère, ne m'effrayez point par une sévérité qui me forcerait à me taire; attendez, pour m'accabler de votre courroux, que vous puissiez connaître combien je suis criminelle. Vous m'avez confié tous vos intérêts, vous n'avez peut-être pas douté un instant de ma soumission. Vos bienfaits, les circonstances, tout me prescrit de ne pas vous désobéir; & cependant votre fille se refuse aux arrangemens qui doivent assurer la constance de votre bonheur... Une répugnance invincible....

Mad. DE FRANCEVAL *surprise.*

Quoi! ma fille, serait-il possible!.. Mais Saint-Fleurisse est fait pour être aimé; tu ne connais pas encore toi-même les impressions qu'il a fait sur ton esprit.

LUCIE *avec énergie.*

Il mérite, sans doute, une épouse plus accomplie; mais, ma mère, j'embrasse vos genoux, pour vous prier de ne pas l'entretenir dans une illusion que je sens ne pouvoir jamais se réaliser; les raisons qui me séparent de lui, sont plus fortes que celles qui doivent m'en approcher; vous ne voudriez pas vous féliciter d'avoir fait mon malheur.

Mad. DE FRANCEVAL *d'un ton ferme*,

Quel changement s'est-il donc fait en vous, Lucie? Est-ce là le moment que vous attendiez pour nous dévoiler un caractère & des idées perfides? Pour nous montrer dans une fille chérie, la plus cruelle de nos ennemis? La raison vous rappellera, sans doute, à votre devoir. Saint-Fleurisse sera votre époux, c'est une chose déterminée; vous devez avoir assez de vertu, pour sçavoir que vous ne pouvez vous dispenser de l'aimer.

LUCIE *désolée*.

Il faudra donc que je sois sacrifiée. Quoi! mes larmes, ma douleur ne peuvent vous fléchir? Vous me reprochez de devenir votre ennemie, & la plus aimée de toutes les mères devient mon tyran.

Mde. DE FRANCEVAL *avec bonté*.

Non, mon enfant, je ne veux pas te persécuter; mais pourquoi me forces-tu de cesser de te parler en amie? Rappelle-toi toutes les confidences que je t'ai faites ce matin?... Figure-toi que depuis le moment où tu es venue au monde, nous te regardons comme l'arbitre de notre destinée... Ta naissance est la source de toutes les calamités de notre vie. Il y a dix-sept ans que nous expions la faute de t'avoir fait naître... Le moment où tu dois nous délivrer de toutes les craintes, serait-il l'époque d'un nouveau siècle de traverses & d'infortunes; ma Lucie, je ne t'aurais jamais soupçonné d'être si peu sensible;.... que pourrais-tu me répondre?

LUCIE *avec fermeté & modestie*.

Que ma conscience me défend de vous obéir; que vous avez résisté à votre père, lorsqu'il a voulu forcer votre inclination pour vous séparer de l'époux que le Ciel vous avait réservé ; que je ne cesserai jamais de vous aimer & de vous respecter, & que rien ne pourrait égaler le désespoir qui suivrait votre vengeance, & la privation des bontés dont vous m'avez comblé jusqu'à présent.

Mad. DE FRANCEVAL *se faisant violence.*

Fille ingrate ! vous n'en avez jamais été digne ; vous avez médité, de sang froid, les moyens de nous immoler à votre satisfaction personnelle. Je ne puis plus vous promettre que de l'aversion, c'est le sentiment que l'on doit aux méchans ; vous avez réfléchi sur le coup que vous nous portez, & vous voulez excuser votre cruauté, en me rappellant un instant affreux qui ne me laisse plus que les regrets d'être votre mère. Eloignez-vous, & ne me forcez pas à vous désavouer.

LUCIE *éplorée.*

Non, ma mère, écoutez-moi... Disposez de ma vie, de tout ce que je suis. Consentez du moins à éloigner le moment fatal du sacrifice.

Mad. DE FRANCEVAL.

N'exigez rien à ce sujet ; si vous aimiez votre père, si vous nous aimiez, vous seriez la première à en presser l'exécution. Si c'est un sacrifice, ayez assez de force pour nous l'offrir. Allez, faites que je puisse encore trouver quelque douceur à vous nommer ma fille ; j'espère tout de vos réflexions.

LUCIE *avec désespoir.*

Elles sont faites... Dieux ! quel supplice... Mon cœur se brise... je ne puis plus me soutenir ; tout est donc dit, ma mère... Je vous quitte irritée contre moi... Ah ! je mourrai de douleur de vous avoir résisté... que je suis malheureuse ! (*elle sort désespérée.*)

SCENE VII.

Mad. DE FRANCEVAL *avec douleur.*

ET ma fille me préparait aussi des peines; où trouverai-je des sujets de consolation... Quand jouirai-je d'une sérénité parfaite? Quand serai-je à l'abri de tous les revers? Voilà le seul que j'aurais cru ne devoir pas rédouter.

SCENE VIII.

Monsieur & Madame DE FRANCEVAL.

Mr. DE FRANCEVAL *avec trouble & inquiétude.*

QU'EST-IL donc arrivé? Lucie est éplorée; elle vient de m'embrasser avec un transport, une agitation... Tous mes sens se sont glacés.... Elle s'est retirée... Mais, que s'est-il donc passé entre vous?

Mde. DE FRANCEVAL *avec désordre.*

Ah! mon ami, mes pressentimens n'étaient que trop fondés; tu traitais mes appréhensions de chimères, il n'y a que notre bonheur qui en soit une.... Tout est évanoui... Lucie vient d'anéantir toutes nos espérances.

Mr. DE FRANCEVAL.

Comment! elle refuserait.....

Mad. DE FRANCEVAL.

Ni mes prières, ni mes reproches, n'ont pu la faire consentir à accepter Saint-Fleurisse pour époux....

enfin, il faut renoncer à jamais goûter le repos, ou acheter notre tranquillité aux dépens de la sienne.

Mr. DE FRANCEVAL *tendrement.*

Elle sçait bien que nous ne le ferons pas; mais cela est inconcevable.... Lucie a toujours donné des marques d'estime à Saint-Fleurisse; il est même persuadé qu'elle a pour lui des sentimens favorables.

Mad. DE FRANCEVAL *avec sentiment.*

Que résoudre? Toute ingrate qu'est Lucie, je ne pourrai jamais consentir à la rendre malheureuse... Voudrais-tu contraindre sa volonté? Ne serait-il pas honteux de tromper Saint Fleurisse?

Mr. DE FRANCEVAL *avec fermeté.*

Dût toute notre fortune changer de face, nous ne pouvons refuser à notre ami ce triste éclaircissement. Différons-le s'il est possible... Je parlerai moi-même à Lucie; si elle me résiste, il faudra bien se déterminer; je n'ai jamais été dans un pareil embarras.... Ciel! c'est lui-même.

SCENE IX.

Mad. DE FRANCEVAL, SAINT-FLEURISSE, Mr. DE FRANCEVAL, ROSETTE.

ROSETTE *à Mr. Saint-Fleurisse.*

TENEZ, Monsieur, les voilà.

St. FLEURISSE.

Ah! je vous cherchais... Eh bien, qu'est donc devenue Mademoiselle Lucie? Son état m'a fait de la peine, ce ne sera rien sans doute.

Mad. DE FRANCEVAL *avec contrainte.*

Non, Monsieur; ce sont des réflexions, des inquiétudes . . . . une fille qui va se marier. . . .

Mr. DE FRANCEVAL *bas à Rosette.*

Vois si Lucie est dans sa chambre ; reviens me le dire sans que cela paraisse, j'ai à lui parler.

St. FLEURISSE *à Mde. de Franceval.*

Elle est inquiète ; mais tant pis. On ne doit l'être que quand on fait une mauvaise action : par exemple, Lourbel, je crois, n'est pas fort tranquille ; les gens faux & méchans ne le sont jamais.

Mr. DE FRANCEVAL *agité.*

Je le crois. . . Ah ! il n'y a rien d'aussi rude à soutenir que le déguisement.

St. FLEURISSE *avec intérêt.*

Sans doute ; mais qu'avez vous, vous me paraissez triste ; Madame de Vorcelles l'est aussi ; vous êtes embarrassés ; on croirait que je vous ai apporté de mauvaises nouvelles. Allons, un peu de gaieté ; nous irons bientôt voir le papa ; je brûle déjà d'y être. Quelle scène touchante ! Je vous vois tous : & moi, & moi, avec ma petite femme, avec la charmante Lucie, croyez vous que je fasse disparate dans le tableau ?

Mr. DE FRANCEVAL.

Ah ! mon cher ami... on se croit heureux, on s'en flatte quelquefois ; il arrive des choses si bizarres....

St. FLEURISSE.

Ma foi, je ne vois rien qui puisse nous traverser, à moins que nous ne trouvions des Lourbels en route. Mais heureusement pour l'humanité, que les gens de cette espèce ne sont pas communs.

SCENE X.

RENÉ, LES PRÉCÉDENS.

RENÉ.

MONSIEUR, on vient de nous avertir qu'il y a des gens à cheval qui rodent au tour du parc ; on ne peut pas douter que ce ne ſoit les frippons qui vous ont attaqué ; que voulez-vous qu'on faſſe ?

St. FLEURISSE *très-froidement.*

Rien. Laiſſons à leur effronterie le ſoin de les perdre, le crime ne reſte jamais impuni.

RENÉ.

Mais, Monſieur, ſi vous vouliez on prendrait des précautions ; on ferait armer les Payſans.

St. FLEURISSE.

Ne crains rien. Je reſte ici ; ſi nous ſortons, nous prendrons les meſures que nous croirons néceſſaires, n'eſt-il pas vrai, mon ami ?

Mr. DE FRANCEVAL.

Oui... oui...

St. FLEURISSE.

Mais vous êtes diſtrait ; allons donc, Monſieur le Philoſophe, faites un peu rire votre ſtoïciſme.

Mr. DE FRANCEVAL.

C'eſt que tout cela ne me laiſſe pas à moi.

St. FLEURISSE.

Soyez en repos, vous dis-je.

Mr. DE FRANCEVAL.

M'eſt-il permis d'y être ?

RENÉ.

Voilà donc tout ce qu'il y a faire, Monſieur ?

St. FLEURISSE.

Oui. Cependant, comme les avis utiles ne doivent pas être négligés, il faut récompenſer ceux qui ſont venus avertir. Donne leur ces deux louis, dis-leur de nous apprendre ce qu'ils pourront découvrir de nouveau, pourvu que cela ſoit intéreſſant à un certain point.

RENÉ.

Oui, Monſieur.

St. FLEURISSE.

Il faut que ces coquins-là ſoient fols ou bien maladroits, de s'amuſer à battre la campagne après la mauvaiſe réuſſite de leurs entrepriſes; ils devraient craindre de ſe faire pourſuivre.

RENÉ.

Monſieur, s'ils connaiſſent la forêt, ils ſont en ſûreté; il y a des endroits inacceſſibles; on dit qu'il faudrait trente hommes pour en arrêter quatre.

St. FLEURISSE.

Allons, laiſſe-nous. (*René ſort, Saint Fleuriſſe le rappelle.*) Fais venir ce jeune homme qui doit entrer à mon ſervice?

RENÉ.

C'eſt le neveu de Francœur... (*Il ſort.*)

Mr. DE FRANCEVAL *avec réflexion.*

A propos... Il eſt étonnant qu'il ne ſe ſoit pas encore montré.

St. FLEURISSE.

Vous devez donc avoir ſouvent des aventures dans le pays?

Mr. DE FRANCEVAL.

Pardonnez-moi, rarement.

SCENE XI.

Madame DE FRANCEVAL, St. FLEURISSE, Mr. DE FRANCEVAL, ROSETTE.

ROSETTE *tremblante.*

(bas à Mr. de Franceval.)

MONSIEUR, Mademoiselle Lucie n'eſt nulle part, ni dans ſa chambre, ni ailleurs; on a été partout. On croit l'avoir vu ſortir par la petite porte du jardin..... On dit qu'il y avait une chaiſe de poſte, on croyait que c'était vous.... Monſieur, vous pâliſſez ! qu'eſt-ce que cela veut dire?

Mr. DE FRANCEVAL *vivement.*

Ah, Ciel !... Mais cela ne ſe peut pas.

St. FLEURISSE *avec intérêt.*

Mon ami, qu'avez-vous?... Comment ! vous trouvez-vous mal ?

Mad. DE FRANCEVAL *vivement.*

Qu'eſt-ce donc, Roſette?.... Qu'es-tu venue lui dire?

ROSETTE *avec effroi.*

Ah, Madame !

Mde. DE FRANCEVAL.

Eh bien, parle donc, explique-toi.

ROSETTE *avec beaucoup de trouble.*

Ah, Madame ! Mademoiſelle Lucie eſt ſortie par la petite porte du jardin; il y avait une chaiſe attelée, on ne ſçait pas pourquoi... c'eſt ce qui a frappé Monſieur. C'eſt peut-être pour aller ſe promener. Enfin, ſi c'eſt pour autre choſe..... Madame..... ce n'eſt pas ma faute.

Mad. DE FRANCEVAL.

Dieux, que de coups à la fois !

St. FLEURISSE *alarmé.*

Que ſignifie donc ce trouble.... ce déſeſpoir?.... Eh bien, mon cher Vorcelles.... Madame.... mon ami.... expliquez-moi donc.... N'avez-vous plus de confiance en moi ?

SCENE XII.

LES PRÉCÉDENS, RENÉ.

RENÉ.

MONSIEUR, j'ai recommandé à nos eſpions de nous avertir. Je crois que nous aurons bientôt des nouvelles; car les Payſans ont rencontré Francœur & ſon neveu à cheval, ils allaient ventre à terre : c'eſt, ſans doute, pour donner la chaſſe à nos coquins.

Mad. DE FRANCEVAL *avec étonnement.*

Comment ! Germain & Francœur ſont ſortis à cheval ! Y a-t-il long-temps ?

RENÉ.

Non, Madame, il n'y a pas un quart-d'heure. Cela ne ſera pas malheureux pour une chaiſe de poſte qui courait devant eux : car, ſans cela, ces Meſſieurs du bois....

Mad. DE FRANCEVAL *avec impétuoſité.*

Ciel ! quel ſoupçon ! quel coup de lumière ! Ah, Dieux ! Ah ! Monſieur, ſerait-il poſſible.... Germain, Francœur.... Ma fille m'eſt-elle enlevée.... C'eſt un complot déteſtable.... Lucie.... votre épouſe.... ah ! qu'eſt-elle devenue ?

Mr. DE FRANCEVAL *douloureusement.*

Elle est perdue....

St. FLEURISSE *avec beaucoup de franchise.*

Je commence à vous comprendre, Madame. René, fais seller promptement des chevaux. (*à Mr. de Franceval.*) Faites-moi la grace de ne point me suivre : restez auprès de Mde. de Vorcelles, elle peut avoir besoin de vos secours. Remettez tout à ma prudence, calmez-vous. Lucie est vertueuse, les choses ne peuvent être poussées à tant d'excès. Vorcelles, vous n'auriez pas dû avoir de réserve pour moi; mais le temps est précieux. Je cours après vos ravisseurs : vous ne me reverrez qu'avec votre fille. Si mon amour, que vous avez indiscrettement nourri, a pu l'éloigner de vous, c'est mon amitié, que vous avez offensée, qui doit vous la rendre.

SCENE XIII.

Madame & Monsieur DE FRANCEVAL.

Mad. DE FRANCEVAL *avec douleur.*

VOILA donc la récompense qu'elle réservait à notre tendresse ! Quel charme infernal a pu la séduire !

Mr. DE FRANCEVAL *avec désespoir.*

Je ne puis m'arrêter sur aucun objet.... Je ne vois dans cette aventure qu'un cahos d'horreurs... Je n'ose m'interroger, pour connaître ceux qui les ont tissues.

Mad. DE FRANCEVAL *avec tressaillement.*

Il n'en faut pas douter, c'est Germain, c'est Francœur..... Rosette avait bien raison.... Germain !.... ce fourbe !... Je m'intéressais à lui.... Ce sont deux hommes abominables. Ils ont arraché Lucie de l'asyle de la paix... Ils auront employé la violence pour la rendre complice de leurs forfaits. La voilà flétrie... livrée à l'opprobre, plongée dans l'avilissement.... Elle nous adresse peut-être inutilement ses plaintes ; ses cris ne parviennent point à un père & une mère, qu'elle a laissé en proie à la douleur.... Ah ! pourvu qu'il soit encore temps.... Que veut-on ?

SCENE XIV.

Madame DE FRANCEVAL, ROSETTE, Mr. DE FRANCEVAL.

ROSETTE, *accourant.*

MADAME, Madame, des nouvelles, des nouvelles..... Voilà une lettre, lisez vîte.... Elle vous est adressée.

Mr. DE FRANCEVAL *vivement.*

Et qui vous l'a donnée ?

ROSETTE.

Un homme du Village. Suivant ce qu'il nous a dit, il doit l'avoir reçue de Francœur.

Mr. DE FRANCEVAL.

Qu'on ne laisse point sortir cet homme, qu'on le retienne.

ROSETTE.

On l'a déjà fait, Monsieur... D'ailleurs, il attend.

Mad. DE FRANCEVAL.

Qu'allons-nous apprendre ! (*Elle décachette la lettre, & lit.*)

MADAME,

Cette lettre vous trouvera, ſans doute, dans des alarmes qu'elle doit diſſiper. Lucie eſt avec des perſonnes à qui vous n'auriez pas héſité de la confier vous-même. Sa vertu n'a reçu aucune atteinte : ſa faute eſt de ne pouvoir ſe lier à un homme que ſon cœur n'a pas choiſi pour époux ; j'oſe croire qu'elle n'aurait pas pour moi la même répugnance. Vous l'aimez, & il ſerait barbare de la contraindre : un inſtant ſuffira pour lui porter ſon pardon.... S'il n'en eſt plus pour elle, elle a fait vœu de renoncer au monde, & nous la perdrons tous. Je ne ſuis pas indigne de votre alliance. Vous ſçavez que nous ſommes de la même Province : mon père eſt aſſez connu ; il ne faut que vous le nommer. Je ſouhaite que vous vouliez ne pas dédaigner pour gendre le malheureux GERMAIN DE FONTREUIL.

Mon frere ! . . . quelle horreur ! . . . . le malheureux ! . . . Lucie . . . je ſuccombe.... Ah ! Monſieur, laiſſez, laiſſez-moi mourir. (*Elle tombe dans un fauteuil, anéantie par le déſeſpoir.*)

Mr. DE FRANCEVAL *avec entrailles.*

Qu'avons-nous fait, Dieu puiſſant, pour nous attirer tant de malheurs !

ROSETTE *avec compaſſion.*

Madame..... Madame.....

Mad. DE FRANCEVAL *violemment.*

Eloignez-vous.... je ne veux perſonne, je ne veux que la mort.

Mr. DE FRANCEVAL.

Chère épouſe, ne te laiſſes point abattre.... Il eſt peut-être encore temps de prévenir.... St. Fleuriſſe les a ſuivis, j'oſe me flatter que nous n'aurons à leur reprocher que de l'imprudence.

Mad. DE FRANCEVAL.

Quelle imprudence, juste Ciel!..... Dans quel abyme les a-t-elle précipités!.... Peut-être les a-t-elle conduits au plus atroce des forfaits.... Vorcelles.... le Ciel nous punit; je fus aussi coupable que ma fille, il la punira quelque jour.

Mr. DE FRANCEVAL *d'un ton consolant.*

Espérons encore en lui. Cet Être adorable, qui dispose des évènemens... que notre égarement a irrité contre nous, ne fournit peut-être à notre constance des épreuves si cruelles, que pour nous mieux faire sentir sa bonté.

Mad. DE FRANCEVAL *avec sanglots.*

Nous l'avons trop offensé, sa colère n'est pas encore satisfaite; sa Providence ne nous réserve que des châtimens: puisse-t-il, après avoir lancé sur nous les traits de sa justice, ne pas nous trouver indignes de sa clémence.

Mde. de Franceval quitte la Scène en s'appuyant sur son époux; il fait des efforts pour déguiser une partie de sa douleur. Rosette les suit avec empressement, & les larmes aux yeux.

Fin du troisième Acte.

ACTE IV.

Le Théatre représente un bois ; on voit à droite, à travers les arbres, la maison de François, dans le fond. Il est six heures du soir.

SCENE PREMIERE.

FRANÇOIS *seul.* (*Il sort de sa maison avec beaucoup de précaution.*)

NE voilà-t-il pas bien de quoi nous amuser ? Ecoutez les gens de la Ville, les Philosophes : Que les habitans de la Campagne sont heureux, disent-ils ; ils vivent pacifiquement, sans soucis, sans inquiétudes. A les entendre, on prendrait les Paysans pour des Moines.... Et cependant, voilà-t-il assez d'embarras dans un seul jour ? Ce matin, des gens qui veulent assassiner un honnête-homme, je le secourons, je le sauvons, parce qu'il ne faut jamais être du parti des malfaiteurs ; & il se trouve justement que ce Monsieur-là va épouser au Château la fille de notre Maître, qui ne veut pas de lui ; & cette fille-là, que j'aimons, parce que ma femme l'avons nourri, & que j'aimons ma femme.... & cette fille-là vient se désoler, se lamenter ici ce soir, parce qu'elle ne veut pas dire à ses parens qu'elle veut d'un autre homme que sti-là.... & puis la mère qui.... Enfin, queu diable pourrait arranger tout ça ! faurait être pis q'un Magister. Ces filles des gens comm'il faut sont drôles aussi, les époux que leux parens leux choisissent ne sont jamais de leux goût : vivent les filles de Village, elles aimont toujours le mari que je leux proposons ; tredame, c'est qu'ils ne les épousont jamais sans s'être bien connus auparavant. Ah ! je sommes pus matois qu'on ne s'imagine.

SCENE II.

FRANÇOIS, MATHURIN.

FRANÇOIS.

EH bien, qu'y a-t-il, Mathurin ?

MATHURIN *d'un ton simple.*

Rien de nouveau depuis que je vous avons quitté, sinon que ces mauvais sujets de ce matin sont toujours à tourner par alentour du bois... Je viens encore d'en appercevoir un, avec son grand manteau ; c'est comme un prodige, qu'ils n'ayont pas arrêté la chaise de ste Demoiselle.

FRANÇOIS.

C'est bon ; mais tu as mal fait de quitter ton poste.

MATHURIN.

J'y va retourner d'abord, laissez faire ; allez, personne ne passera sans que je le voyons. Faura toujours dire à ce Monsieur dont vous m'avez fait la ressemblance, qu'elle est ici ste Demoiselle, n'est-ce pas ?

FRANÇOIS.

Oui, prends bien garde de te tromper.

MATHURIN.

MATHURIN.

Faura-t-il vous avertir avant que vous le voyez, ou après qu'il sera venu?

FRANÇOIS.

Eh! avant, benêt. Prends garde de te tromper: un joli jeune homme, en uniforme militaire d'Officier.... Sçais-tu ce que c'est q'un uniforme?

MATHURIN.

Pardi, est-ce que je n'avons pas vu l'habit que le Roi envoie à Nicolas, qui sert dans les Invalides? Je crois que vous me pernez pour un sot.

SCENE III.

FRANÇOIS *seul.*

NOus voilà d'abord en sûreté de ce côté-là. Mais ces gens qui ont arrêté ce Monsieur, sont bien acharnés; ils n'en veulent, tatigué, pas avoir le démenti.... Ils se feront pincer... Il faut qu'ils ayont le diable au corps. Je ne sçais, morgué, pas comment on peut se donner tant de peine pour se faire pendre.

SCENE IV.

FRANÇOIS, FRANÇOISE.

FRANÇOISE *à la porte de la maison.*

FRANÇOIS, n'y a-t-il rien à craindre?

FRANÇOIS.

Non, je ne voyons que moi ici... Ecoute-donc... comment va Mademoiselle Lucie?

FRANÇOISE *avec tristesse.*

Ah ! mon pauvre François, elle pleure toujours ; c'est sans fin, elle ne peut pas se consoler. Vois-tu, cela fend le cœur.... Ah ! j'ai pleuré la moitié autant qu'elle.

FRANÇOIS *avec dépit.*

La pauvre petite !... C'était bien la peine d'aller secourir ce matin ce Monsieur, pour qu'il aille li bailler tant de chagrin. Sarpeguié, si on pouvoit se repentir d'une bonne action, je crois que....

FRANÇOISE.

Elle est si aimable ! si j'avais une fille, je ne l'aimerais pas davantage, pas autant... Quand on a nourri un enfant, vois-tu, c'est comme si on l'avait mis au monde.... Je sommes queuquefois pu la mere des enfans que je nourrissons, que leur mère véritable ; & puis, Mademoiselle Lucie m'a fait tant de bien.... si tu sçavais....

FRANÇOIS.

Si tu sçavais.... oui. Mais le père & la mère pourrions bien ne pas être contens de toute cette manigance-là. Je dépendons d'eux une fois ; tu sçais bien que ce sont eux qui m'ont établi ici, qui m'avons fait t'épouser, par ainsi je leux ons de l'obligation : ils seront fâchés contre nous. C'est vrai, Mademoiselle Lucie est bien gentille, mais....

FRANÇOISE.

Son dessein est bin de retourner au Château ; elle est venue ici tant seulement, pour que tout cet embrouillement s'éclaircisse ; c'est pour éviter le premier moment. Vois-tu, François, dans le grand monde les pères & mères tempêtont beaucoup d'abord, ça fait peur ; & puis, à la parfin les enfans pleurent, les pères & mères s'attendriſſent tout doucement, & ils finiſſent toujours par vouloir comme les enfans. Ainſi, Mr. de Franceval, qui voudra bientôt la volonté de ſa fille, ne nous voudra pas de mal d'avoir voulu ce que ſa fille nous a fait faire.

FRANÇOIS.

Ah ! voilà qu'eſt expliqué.... A la bonne heure.

FRANÇOISE.

Il fait preſque nuit, perſonne ne la verra, je vais tâcher de la faire ſortir un peu.... Ne t'éloigne pas.

FRANÇOIS.

Parguenne, vaurait mieux....

SCENE V.

FRANÇOIS *ſeul.*

IL eſt ſûr que d'une certaine façon, cet enfant-là n'a pas tort... ni nous non plus... Et puis, après tout, je ne pouvions pas refuſer de la recevoir... La voilà; jarni, il faurait être bin rigoureux pour lui faire de la peine.

SCENE VI.

FRANÇOISE, LUCIE, FRANÇOIS.

FRANÇOISE.

SORTEZ, ſortez, Mademoiſelle, cela vous diſſipera; il n'y a que François.

LUCIE *eſt dans un déſordre qui annonce ſa triſteſſe.*

Ah, Dieux !.... perſonne n'eſt venu, vous n'avez point de nouvelles....

FRANÇOIS.

Non, Mameſelle.... mais il n'eſt pas encore tard, nous en aurons bientôt.

LUCIE.

Malheureuſe que je ſuis !

FRANÇOISE.

Ne vous chagrinais donc pas comme cela, vous vous rendrez malade : c'eſt pour le coup que Madame de Franceval nous en voudrait.

LUCIE.

Ah ! ma pauvre Françoiſe.... elle ſouffre plus que moi.... Peut-être qu'à préſent... Je voudrais pour tout au monde....

SCENE VII.

LES PRÉCÉDENS, MATHURIN.

MATHURIN.

EH vîte... ce Monſieur dont vous m'avez parlé, il vient comme le diable.... il eſt ſur mes pas.

FRANÇOIS.

Et qui ?

MATHURIN.

Pargué ; Mr. l'Iniforme, celui dont nous ſommes convenus. Je ne me ſuis pas trompé, car il a un habit rouge ; & tenez, le v'la.

SCENE VIII.

FRANÇOISE, LUCIE, GERMAIN, FRANÇOIS, MATHURIN.

GERMAIN *tombe en arrivant aux pieds de Lucie.*

LUCIE ! Ah, ma chere Lucie !

LUCIE.

Ah ! Germain, qu'avons-nous fait ? Que s'est-il passé ?

MATHURIN.

Il n'avait, morgué, pas tort de se dépêcher.... Ils s'aimont bien. Ah ! bon, tant mieux.

FRANÇOIS.

Laisse-nous... laisse-nous... Retourne là-bas : prends toujours bien garde.

MATHURIN.

Oh ! que laissez faire : allez, j'ai de bons yeux.

SCENE IX.

FRANÇOISE, LUCIE, GERMAIN, FRANÇOIS.

LUCIE.

EH bien, Germain, notre sort est-il décidé ?

GERMAIN *embarrassé.*

Lucie, il est décidé que je ne cesserai jamais de vous aimer ; je ne pourrais vivre sans cela.

LUCIE *vivement.*

Mais, qu'avez-vous fait ?

GERMAIN *d'un air indécis.*

Ma chère Lucie, depuis que vous m'avez forcé de vous quitter à l'entrée du bois, il fallait que vous me l'ordonniez pour me faire obéir; car je tremblais qu'il ne vous arrivât quelque accident. J'ai retourné joindre Francœur, il avait déjà envoyé ma lettre au Château.

LUCIE *sévèrement.*

Votre lettre! vous m'aviez promis d'y aller vous-même.

GERMAIN *vivement.*

Il est vrai; mais j'ai cru qu'il valait mieux ne point paraître. J'ai pensé que ma lettre les trouverait tous assemblés, que St. Fleurisse y serait, qu'il pourrait prendre son parti... Une lettre était bien mieux; car si on m'avait refusé... si on eût rejetté ma demande... jugez de ma douleur.... Je me serais perdu.... j'aurais fait quelque chose qui vous aurait affligée.... vous m'auriez grondé.... Peut-être vous m'auriez puni....

LUCIE.

Mais enfin, qu'est-il arrivé?

GERMAIN.

J'ai donc envoyé cette lettre; elle signifiait beaucoup, tout ce que j'aurais pu dire: je vous assure qu'ils m'auront compris. Le Paysan qui l'a portée, & qui devait venir nous rendre réponse au Village, n'est pas encore revenu.

LUCIE *fâchée.*

Il n'est point encore revenu, & vous paraissez?

GERMAIN.

Ah! ma chère Lucie, l'inquiétude où j'étais ne m'a pas permis de me tenir éloigné de vous. Le bois que vous avez traversé, n'est point sûr: on y a vu toute la journée des gens de mauvaiſe mine ; Saint-Fleuriſſe y a été arrêté.... Je périſſais d'impatience, je croyais ne jamais vous rejoindre.

LUCIE *ſévèrement, & avec un peu d'indignation.*

Monſieur, il fallait un peu moins ſonger à votre ſatisfaction perſonnelle, & réfléchir aux égards que vous me devez. Ne voyez-vous pas à quoi m'expoſe une démarche auſſi inconſidérée? Juſte Ciel ! & ſi quelqu'un arrivait... Nous ignorons la déciſion de mes parens, & vous oſez.... Ah ! Monſieur, s'ils venaient à préſent, conduits par la vengeance.... s'ils me rencontroient avec vous.... s'ils nous trouvoient enſemble.....

FRANÇOIS *bruſquement.*

Eſt-ce que je n'y ſommes pas, Mameſelle? Ah! ne craignez rien, je ſçaurons bien rendre témoignage....

LUCIE.

Fuyez, Monſieur, éloignez-vous ; que votre préſence n'augmente pas mes remords. Avant que vous vinſſiez, j'oſais encore me croire excuſable.

GERMAIN.

Que je m'éloigne, cruelle... vous pouvez l'exiger... vous m'ordonnez de vous fuir... Moi, me ſéparer de mon adorable Lucie !

LUCIE.

Retournez, vous dis-je ; vous reviendrez ſi les choſes réuſſiſſent, je vous verrai avec plaiſir.

GERMAIN *avec vivacité.*

Mais mon départ n'avancera rien. J'ai laiſſé Francœur au Village, il ne tardera pas à venir ici nous inſtruire ; il s'eſt chargé de tout.... Il ſera ici avant peu... dans une heure.

LUCIE.

Dans une heure ! mais il peut ſe paſſer bien des

choſes. Germain, cette heure-là me coûtera peut-être un jour bien des larmes.

GERMAIN.

Non, dans un quart-d'heure, dans un inſtant, un inſtant.... Permettez-moi de reſter, Lucie, je vous en conjure; que je ſois avec vous lorſqu'il nous annoncera notre ſort. Si nos vœux ſont comblés, ſi l'on m'aſſure un bonheur éternel, ne me privez pas de la douceur de vous voir partager mes tranſports: ſi vos parens, au contraire m'ôtoient toute eſpérance, j'aurai beſoin de votre préſence pour ne pas ſuccomber, pour ſoutenir mon déſeſpoir. Laiſſez-vous toucher... Françoiſe, ma bonne, je vous prie, intercedez pour moi, qu'elle ne me défende pas de reſter ici.

FRANÇOIS *bonnement.*

Allons, Mameſelle, tenez, ça lui ferait trop de peine de s'en aller.

LUCIE.

Non, non, vous ne ſongez pas à ce que vous demandez.

FRANÇOIS.

Mameſelle, ſtapendant faites comme vous voudrez, au moins.

FRANÇOISE.

Ma chère enfant, je le crois bien ſincère.... Mais qu'y a-t-il de nouveau?

SCENE X.

LES PRÉCÉDENS, MATHURIN.

MATHURIN.

EH! Mr. François... Mr. François... v'la l'autre, il n'eſt pas loin.

FRANÇOIS.

L'autre ! & qui l'autre?

MATHURIN.

Et l'autre.... ſti-là que j'avons vu quelquefois ici, qui m'avait mis une fois cette cocarde... qui me diſait toujours qu'on avait beſoin d'un homme comme moi à l'Armée.

FRANÇOIS.

Ah ! parbleu, c'eſt Francœur.

MATHURIN.

Oui, Francœur, juſtement.

GERMAIN *avec ſatisfaction.*

Eh bien, ne vous le diſais-je pas : il s'eſt dépêché ; il a de bonnes nouvelles.

MATHURIN.

Il vient grand train, il ſera bientôt ici. Tatigué, c'eſt un Mr. bien drôle ſti-là, nous allons bien rire.

FRANÇOIS.

Oui, nous en avons grande envie... Allons, va toujours te mettre au même endroit.... Va donc vîte.

MATHURIN.

J'y va, j'y va. Tenez, tenez, le v'là ; je ſçavais bien que c'eſt lui.

SCENE XI.

FRANÇOISE, LUCIE, GERMAIN, FRANCŒUR, FRANÇOIS.

GERMAIN.

AH ! te voilà, mon ami... Eh bien, mon cher Francœur?

FRANCŒUR *essoufflé.*

Eh bien, Monsieur; je n'en puis plus, je suis abîmé.

FRANÇOIS.

Je vas vous faire boire un coup, laissez.

FRANCŒUR.

Volontiers; car à peine puis-je parler... Mademoiselle, tout a-t-il bien été ici? N'est-il rien arrivé de fâcheux?

FRANÇOIS *apportant à boire.*

Tenez, Monsieur Francœur.

FRANCŒUR.

Bien obligé.

GERMAIN *répondant à Francœur.*

Non, Dieu merci, il n'y a que la crainte qui nous tourmente.

FRANCŒUR.

Ma foi, Monsieur, il faut du courage; ce que je vais vous dire n'est pas bien consolant.

LUCIE *avec émotion.*

Dieu! que va-t-il nous apprendre!

FRANCŒUR.

Un instant, Mademoiselle; d'abord, notre émissaire n'est pas encore revenu.

GERMAIN.

Ciel! & pourquoi as-tu quitté? Comment veux-tu que nous sçachions...

FRANCŒUR.

Que nous sçachions? Nous ne sçavons que trop, de par tous les diables; vous sçavez bien, Monsieur, que notre homme a été chez Mr. de Franceval.

GERMAIN.

Oui; que nous l'avons attendu, & que je l'ai quitté après.

FRANCŒUR *avec beaucoup de trouble.*

Aussi-tôt que vous avez été parti, je me suis approché du Château, le long des murs du parc; mon Paysan n'est point sorti, on l'a sûrement retenu. Heureusement que je l'avais bien endoctriné. Mais, écoutez ceci: voilà bien le diable; à une portée de fusil du Village, j'ai apperçu Monsieur de Saint-Fleurisse à cheval, avec son Valet-de-chambre; ils prenaient des informations à des gens qui n'ont pu l'instruire, car ils ne nous avaient pas vu... Il est entré dans le Village; j'ai cru qu'il n'y avait rien de mieux à faire que de vous avertir. Il faut vous tenir sur vos gardes.

LUCIE.

Ah, grands Dieux! quelles suites affreuses doit avoir tout ceci!... Il n'y a plus de remède; si je pouvais leur reporter la paix. Ah!... je me suis trop aveuglée.

FRANCŒUR *bas à Germain.*

Tâchez de rester seul avec moi.

GERMAIN.

Mais enfin.

FRANCŒUR.

Mais enfin, vous voyez bien... Monsieur Saint-Fleurisse est sorti; c'est pour vous chercher... pour chercher Mademoiselle, pour vous l'enlever, on a retenu le Paysan; les parens n'entendent pas raison; il n'y a pas de milieu, tout est perdu.

GERMAIN.

Tout est perdu, Lucie! ma chère Lucie, je vous aurais perdue.

LUCIE *avec regret.*

Il est trop vrai. Vous m'avez trompée, Germain; vous avez abusé de ma crédulité.... Mes parens partagent l'horreur que je me fais à moi-même.... Vous m'avez rendue indigne de l'estime de tous ceux qui sçavent honorer la sagesse.

GERMAIN *douloureusement.*

Et vous aussi, Lucie, & vous m'abandonnez! « Ah! » que ne puis-je expirer à l'instant, plutôt que d'en- » tendre vos reproches!... Mais votre cœur les désa- » voue." Pouvez-vous me soupçonner d'avoir conspiré contre votre innocence? Est-ce là ce que vous me promettiez?

LUCIE.

Laissez.... je vous tiendrai tout ce que je vous ai promis... Bientôt une retraite austère va me soustraire au danger de vous voir.... à vos séductions, & aux poursuites des autres.

GERMAIN *avec une chaleur & une action qui augmente jusqu'à la fin du couplet.*

Oui, vous vous éloignerez d'un monde que je déteste, vous renoncerez à moi, mais je ne renoncerai jamais à vous; vous ne chercherez cet asyle, vous ne vous y ensevelirez, que pour y pleurer ma perte; vous m'avez réduit à la nécessité de ne pouvoir exister sans vous; vous m'accusez d'artifice... Je dois vous donner de ma foi un témoignage aussi irréprochable qu'elle même; je veux ôter à vos persécuteurs jusqu'au pouvoir de vous forcer à m'oublier. Vous êtes à moi, rien que la mort ne peut me séparer de vous; je n'aurai jamais d'autre épouse, j'en atteste l'honneur... Le Ciel... il est témoin de mes promesses, qu'il en soit le garant, qu'il me punisse si je manque à mes sermens; la présence de l'Être suprême qui m'entend, suffit pour les rendre sacrés: c'est devant lui, c'est en présence de ces gens verrueux, amis de la vérité, que je jure de mourir votre époux ; ils ſont les témoins d'une union que notre volonté & notre conſcience doivent rendre indiſſoluble. Qu'on vienne actuellement vous arracher de mes bras ; que cet homme qui fait valoir ſes ſervices pour vous mériter, ſe préſente ; que vos parens viennent réclamer leurs droits tyranniques ; je leur obéirai, votre père eſt devenu le mien, mon reſpect ira juſqu'à ne pas lui réſiſter ; mais je m'immole à ſa vue... A vos pieds... Mon ſang ſera le ſceau de notre hymen, j'expirerai en vous embraſſant, en vous nommant mon épouſe... Lucie... vous ne refuſerez pas des larmes au ſouvenir du ſacrifice que vous aura fait l'amour.

LUCIE.

Je n'y ſurvivrai pas, Germain.

FRANÇOISE *pleurant.*

Comme il vous aime, Mademoiſelle.

FRANÇOIS *auſſi pleurant.*

Si Monſieur & Madame pouvaient voir cela.

GERMAIN.

Puis-je eſpérer, Lucie ?

LUCIE *tendrement.*

Vous ne devez pas craindre, Germain ; ſoyez tranquille, un peu de fermeté... Songez à vous conſerver... vivez pour votre épouſe.

FRANÇOIS.

Ma foi, tenez, Mamſelle, j'en ai pleuré ; mais rentrons, vous vous repoſerez ; Monſieur peut venir auſſi : ma foi, après ce qui s'eſt paſſé, je ne vous regarde ni pus ni moins que mari & femme. Allez, allez, la Providence conduira tout cela à bonne fin.

FRANCŒUR *agité & embarrassé.*

Monsieur, avant de rentrer... nous devrions examiner ici autour; il y a des coquins qui ne sortent pas des environs... Nous questionnerons le Paysan à qui nous avons laissé nos chevaux. (*bas.*) Restez seul.

GERMAIN *avec inquiétude, regardant Francœur.*

Oui, nous y allons, ma chère Lucie; je vous rendrai compte de tout.

LUCIE.

Revenez bientôt, Germain; je vous crois digne de tout ce que je fais pour vous; revenez, votre absence que j'aurais desiré il n'y a qu'un instant, serait à présent la plus cruelle de toutes mes peines.

GERMAIN.

Ah, ma chère Lucie!

FRANÇOIS.

Bien... bien...

SCENE XII.

GERMAIN, FRANCŒUR.

GERMAIN.

EH bien! qu'as-tu donc à me dire?

FRANCŒUR *avec emportement.*

Comment! Têtebleu, Monsieur, est-ce que vous avez oublié?...

GERMAIN.

Quoi donc?

FRANCŒUR.

Et, Monsieur de Saint-Fleurisse, ce que vous m'avez donné pour lui remettre?

GERMAIN *avec lenteur & réflexion.*

Ah ! ... Eh bien, viendra-t-il ?

FRANCŒUR.

Il n'y manquera sûrement pas.

GERMAIN.

Il viendra... Comment as-tu fait ?

FRANCŒUR *vivement.*

Bien, à ravir ! Dans le moment qu'il entrait au Village, comme je vous ai dit, vous sçavez bien....

GERMAIN.

Oui, après ?

FRANCŒUR.

Un homme que j'avais instruit en le payant, & qui m'a rapporté tout mot pour mot, lui a remis votre Lettre.

GERMAIN.

Ensuite.

FRANCŒUR.

Ensuite... Sçavez-vous bien qu'il n'est pas fait comme les autres, cet homme-là. Il a été d'abord étonné, & puis il a envoyé son Valet-de-chambre au Château... A la fin il a promis d'un air de pitié, qu'il viendrait au rendez-vous.

GERMAIN.

Il viendra ?...

FRANCŒUR.

Il ne faudrait pas, morbleu, qu'il arrivât le premier ; si vous-voulez, je vais prendre le devant.

GERMAIN.

Nous avons encore une heure .... une heure... Ah, Lucie ! comment la quitter ? Je lui persuaderai que je vais chez son père, me jetter à ses pieds, faire un dernier effort... Eſt-ce que Saint-Fleuriſſe ne ſera pas ſeul ?

FRANCŒUR.

Pardonnez-moi, il l'a promis.

GERMAIN.

Eh bien, je n'aurai pas beſoin de toi.

FRANCŒUR *avec emportement.*

Vous n'aurez pas beſoin de moi? Pouvez-vous me faire un tel affront ?... Ah! Monſieur... Francœur ne vous ſuivrait pas ?

GERMAIN.

Mais, s'il eſt ſeul?

FRANCŒUR *réfléchiſſant.*

S'il eſt ſeul; il eſt vrai qu'il ne faut pas aller deux pour en tuer un... S'il pouvait amener ſon René.... Ah! bon, cela n'a pas ſervi... Il ſe battrait de gré ou de force. Ah, rage! ah, tonnerre! Tenez, Monſieur, vous avez beau dire, je ne reſterai pas là.... Je me battrai avec le premier venu... Et s'il allait vous tuer... Ah!... vous verriez pour lors.

GERMAIN *avec douleur.*

S'il me tue, mon ami..... je ne ſerai plus malheureux. J'exige de toi un ſervice d'une autre nature; il faut dérober à Lucie la connaiſſance de notre combat; il faut qu'elle n'en ait pas le moindre ſoupçon... Si je péris .... tu reparaîtras ici.... avec un air tranquille...

FRANCŒUR *avec emportement.*

Avec un air tranquille!

GERMAIN.

Ecoute-moi donc; tu remettras à Lucie mon portrait, le voilà... Tu la prieras de le garder... tu diras que j'ai été chez ſon père... que je me ſuis éloigné pour quelque

quelque temps; que je compte ſur ſa conſtance. . . . Tu iras enſuite trouver Saint-Fleuriſſe.

FRANCŒUR.

Ah ! . . . à la bonne-heure.

GERMAIN.

Tu l'aſſureras que je ne le haïſſais point ; que je n'étais ennemi que de ſon bonheur.

FRANCŒUR.

Je ne me chargerai point de cela . . . Monſieur, je ne vous le promets point. . . Ne m'en parlez pas ; ſi vous êtes mort, qu'ai je beſoin de vivre? . . Moi. . . je vous aime, Saint-Fleuriſſe me tuera auſſi, ou je vous vengerai : voilà tout ce que je peux faire pour vous. . . Mais cela n'arrivera pas . . . j'ai un preſſentiment . . . ne prévoyons pas les choſes d'avance : tenez, rentrez, peut-être Mademoiſelle Lucie eſt inquiète. . . Vous n'avez qu'une heure. . .

GERMAIN.

Eh bien, ſoit. . . Je ne te dis plus qu'un mot. . . Songe que j'adore Lucie ; que je lui adreſſerai mon dernier ſoupir, & que je ſouffrirais même, après le trépas, ſi je lui cauſais le moindre chagrin. . . « Que » cette réflexion ſerve à te rendre circonſpect. . . . » Obſervons-nous avec ſcrupule, qu'il ne nous échap- » pe pas un mot qui puiſſe nous trahir. . . » Je vais peut-être la voir pour la dernière fois. . .

FRANCŒUR *les larmes aux yeux.*

Je veux auparavant faire ma ronde ici autour. . . On ne ſçait pas ce qui peut arriver. . . Mon cher Capitaine. . . mon frère. . . mon Maître . . . mon père, accordez-moi une grace. . . ne me la refuſez pas. . . Je ſerai content, ſouffrez que je vous embraſſe.

GERMAIN *attendri.*

Ah, mon ami ! . . . Mon cher Francœur, tu m'ôterais un plaisir si tu ne le faisais pas. . . Pourquoi hésitais-tu ? suis-je plus que toi ? . . . Peut-être moins ; la fortune & les dangers de notre état, ne sont-ils pas les mêmes pour tous les deux ? . . . Mon ami, nous sommes deux hommes. . . Si la vanité & l'ignorance ont établi entre nous d'autres distances que celles qui subsistent entre le vice & la vertu, l'humanité qui nous rapproche, le zèle qui t'attache à ma destinée, ton désintéressement, & la bonté de ton cœur, me rendront toujours glorieux de t'appeller mon égal.

Germain entre dans la Ferme, Francœur le quitte à la porte, sort du Théatre par une des coulisses qui sont à côté de la Maison. Il reparaît un instant après sur la Scène. . . Après avoir observé un moment les alentours, il entre aussi dans la Maison. Tout ceci doit se faire avant que le cinquième Acte commence.

Fin du quatrième Acte.

ACTE V.

SCENE PREMIERE.

LOURBEL, UN BRETAILLEUR.

LOURBEL.

Vous êtes sûr que Saint-Fleurisse est sorti du Château ? vous l'avez vu dans le Village ?

LE BRETAILLEUR.

Oh ! parbleu, je l'ai bien reconnu; celui que nous avons attaqué ce matin : il porte encore le même habit.

LOURBEL.

Il ne nous échappera pas, il périra, ou je périrai... Où sont vos deux camarades.

LE BRETAILLEUR.

Il y en a un aux aguets dans le Village, l'autre n'a pas quitté le bois; mais nous risquons beaucoup, il est déjà arrivé deux Cavaliers à cette ferme. Ecoutez donc, vous nous avez payé pour être les plus forts; il était seul, nous étions quatre; c'était bien arrangé; ce n'est pas que je craigne rien; mais s'il se faisait escorter, nous pourrions bien vous laisser tout seul.

LOURBEL.

Je vous réponds de tout.... Nous nous tirerons d'affaires avec de la ruse & de l'industrie... De l'industrie ! voilà pourtant notre crime aux yeux de ceux qui n'en ont pas. Ils ne peuvent nous laisser vivre en paix ; Saint-Fleurine se repentira de n'être pas resté tranquille ; il ne paraît pas qu'on s'occupe de nous chez ces bonnes gens... Vos craintes étaient mal fondées... Nous sommes en sûreté ; si notre homme paraît ne le manquez pas.

LE BRETAILLEUR.

Ne craignez rien ; si nous pouvons le tuer, c'est autant de mort.

SCENE II.

LOURBEL *seul.*

ET je pourrai respirer : tant que cet homme-là sera au monde, mes talens me seront inutiles. C'est un fléau créé pour me nuire; il se rencontre par-tout ; j'espère qu'il ne voyagera plus ; depuis mon aventure de Lyon, je ne vis pas en repos. On sort... Retirons-nous, ne nous mêlons des affaires de personne.

SCENE III.

FRANÇOISE, FRANÇOIS, FRANCŒUR.

FRANÇOISE *qui a apperçu Lourbel qui se retire enveloppé dans son manteau, crie :*

AH... ah ! au secours.

FRANÇOIS *l'apperçoit aussi.*

Qu'est-ce donc ? (*il dit derrière lui dans la maison.*) Ne sortez pas, ne sortez pas.

FRANCŒUR *brusquement.*

Qu'est-ce que c'est ? qu'est-ce que c'est ?

FRANÇOIS.

Parbleu, des gens qui nous eſpionnaient.

FRANCŒUR.

Par où ſont-ils ?

FRANÇOIS.

Par-là.

FRANCŒUR.

Ah ! je vais un peu voir ça, je vous dirai de quoi il retourne.

FRANÇOIS.

Allez doucement, qu'ils ne vous voient pas.

SCENE IV.

FRANÇOISE, GERMAIN, FRANÇOIS.

GERMAIN *éperdu.*

FRançoise, ma bonne amie, venez vîte, Lucie ſe trouve mal.

FRANÇOISE.

J'y cours . . Ah, ciel !

GERMAIN.

Voyez, ſecourez-la ; vous me direz ſi je puis entrer.

FRANÇOISE *entrant dans la maiſon.*

Mademoiſelle, ce n'eſt rien . . ce n'eſt rien.

GERMAIN.

Qu'eſt-ce donc qui vous a alarmé ? votre femme nous a tous effrayé.

FRANÇOIS.

Tatigué ! ce ſont ces garnimens de ce matin . . . . Je les ai bien enviſagé. . . Ils ont quelque deſſein diabolique. Il faudrait ne pas s'abandonner.

SCENE V.

GERMAIN, FRANÇOIS, MATHURIN.

FRANÇOIS.

OH ! tu es un beau obſervateur ; on te dit de bien faire le guet, & tu nous a laiſſé ſurprendre.

MATHURIN.

Je les ai bien vu.

FRANÇOIS.

Et pourquoi n'as-tu pas averti ?

MATHURIN.

Dame, c'eſt que j'avais peur ... Ils ont paſſé tout à côté de moi.... Je me ſuis tenu bien droit, & je leur ai ôté mon chapeau.

FRANÇOIS.

Poltron !

MATHURIN.

Reſtez-vous ici tous ?

FRANÇOIS.

Sans doute.

MATHURIN.

Ah bien, je ne crains plus rien ... d'ailleurs j'ai apperçu là Mr. Francœur derrière les arbres ; cela m'a raſſuré. Oh ! qu'ils viennent à préſent, ils verront comme je les saluerai.

SCENE VI.

GERMAIN, FRANÇOISE, LUCIE, FRANÇOIS.

FRANÇOISE.

PRENEZ un peu l'air, Mademoiſelle;

GERMAIN *courant à elle.*

Ah, ma chère Lucie! eh bien, comment cela va-t-il?

LUCIE *accablée.*

Germain, je ne me foutiens pas; je ne puis calmer mon effroi; tout ce qui m'environne me femble terrible: je me fuis cru placée au milieu de tous ceux que j'ai offenfé: je voyais mon père furieux... Je les voyais tous... ah!...

GERMAIN, *avec une triftesse qu'il veut déguifer.*

Eh, que craignez-vous d'eux, ils vous aiment; je vais au-devant de leurs coups, je les fléchirai, ou j'épuiferai leur courroux: leur cruauté une fois affouvie, il faudra qu'ils foient tendres & compatiffans à votre égard, pour fe délivrer du fouvenir perfécutant d'avoir été cruels.

LUCIE, *le cœur navré de douleur.*

S'ils fe font un devoir de l'être, Germain; fi vous ne me quittez que pour courir à l'infortune; s'il ne nous reftait que la douleur & la honte... Pourrai-je les revoir?... Comment foutenir les combats qui me déchirent? Il eft des momens où la vie eft plus infupportable que l'inftant qui doit la finir.

GERMAIN.

Ma chère Lucie, ne vous livrez point à un abattement qui ne ferait qu'augmenter nos maux... Je vous quitte; je reviendrai fans doute; je vous obtiendrai, je n'aurai plus à craindre de rival.

LUCIE.

Vous n'en avez jamais eu dans mon cœur;.. votre abfence va redoubler mon trouble... Mon ame fe divife... Je ne vous vois partir qu'avec un frémiffement, un ferrement de cœur... qui m'épouvante...

Vous me laissez à moi-même ... pourrai-je suffire à mes réflexions ?

GERMAIN.

Je revolerai bientôt à vos pieds pour calmer vos terreurs.

SCENE VII.

LES PRÉCÉDENS, FRANCŒUR.

FRANCŒUR.

RENTREZ tous, rentrez tous ; vous, Monsieur, restez, (*bas*) il n'y a pas de temps à perdre.

FRANÇOIS.

Qu'y a-t-il donc ? ... Est-ce Monsieur ?

FRANCŒUR.

Non, non, ce n'est rien. ... Mais rentrez ; (*bas à François*) ayez soin de bien vous enfermer. (*à Germain*) Et bien, Monsieur, n'allons-nous pas au château ?

GERMAIN.

Oui, tout-à-l'heure, ... je pars.

LUCIE.

Vous me quittez ? Soyez prudent.

FRANCŒUR.

Il est brave, Mademoiselle.

LUCIE.

Si j'écoutais mes craintes, je ne vous laisserais pas partir.

GERMAIN *attendri aux larmes*.

Ma chère Lucie ... le sort ne me sera peut-être pas toujours contraire ... ma tendre amante ... ma Lucie, souffrez que je vous appelle mon épouse.

LUCIE *avec effusion de cœur.*

Ce nom ne ſera jamais prononcé par une autre bouche que la tienne. . . . Germain , vois couler mes larmes . . . . Pleurerais-je , ſi mon cœur ne t'avouait pas pour mon époux ?

GERMAIN.

Ma chère épouſe . . . adieu . . . je vous quitte. . . . Ce n'eſt pas pour toujours. . . . Adieu , Lucie.

FRANÇOIS.

Je ſuis tout ému . . . Ces pauvres enfans . . . Ah , Monſieur ! tenez , je voudrais que ce ſoit ma fille.

SCENE VIII.

Il eſt tout-à-fait nuit.

GERMAIN, FRANCŒUR.

GERMAIN *eſt reſté la tête appuyée ſur un arbre vis-à-vis la porte de la maiſon.*

LUCIE . . . Ah , Dieux ! . . . mes forces m'abandonnent . . . je n'en puis plus.

FRANCŒUR.

Allons , Monſieur , ne pleurez donc pas , ſoyez homme : Mr. de St. Fleuriſſe vient . . . il ſera ici dans un inſtant ; il n'y a pas à reculer. Voulez-vous que j'y aille à votre place ?

GERMAIN.

Il vient . . . ſans doute il n'y a pas à balancer . . . . Tu l'as donc vu ?

FRANCŒUR.

Oui , je l'ai reconnu . . . il était encore loin . . .

il ne va pas vîte . . . fort tranquillement : mais ces vivans-là, qui sont ici autour, machinent quelque chose; je ne sçais pas si c'est à lui qu'ils en veulent. . . je m'en doute ; je vais y avoir l'œil. . . . Il ne vient pas ici pour eux . . . . il ne lui arrivera rien. Morbleu ! s'ils pouvaient l'attaquer, je le défendrais de bon cœur . . . . C'est que cela dérangerait votre partie . . . au moins.

GERMAIN.

Que dis-tu ? On dresse un guet-à-pens contre lui : il est menacé. . . Quelle horreur ! Ah, mon ami ! . . s'il allait croire que c'est moi qui l'ai attiré dans ce piège détestable . . . Je vole à son secours.

FRANCŒUR.

Non, restez, ne vous exposez pas . . . j'y suis. . . laissez-moi faire, je vous ferai avertir par notre petit Sentinelle, si j'ai besoin de vous. . . . Vous êtes troublé, tâchez de vous remettre . . . . c'est bientôt . . . . c'est bientôt . . . . Songez qu'il y a de l'avantage à être de sang froid ; restez, je me tirerai bien d'affaire.

SCENE IX.

GERMAIN *seul.*

DE sang froid . . . j'en suis bien éloigné ; je vais combattre pour Lucie ; je vais la disputer. . . . Si je n'avais que cela à faire pour l'obtenir . . . peut-être St. Fleurisse sera-t-il moins impétueux . . . moins effréné . . . S'il voulait me céder ses droits . . . Il ne le fera pas . . . Non, s'il aime Lucie . . . Eh ! . . . . Pourrait-il ne pas l'aimer ? . . . qu'il m'en a couté pour me séparer d'elle . . . il fallait la tromper . . . .

Aurais-je pu lui confier mon dessein ? elle l'aurait regardé comme un complot abominable.... elle m'aurait détesté ; elle aurait eu raison, ma passion m'a rendu injuste, féroce ; je ne suis plus un amant, je suis un forcené, qui voudrait immoler à sa fureur tous ceux qui ne peuvent pas la partager.

SCENE X.

GERMAIN, FRANCŒUR, *derrière le Théatre.*

On entend tirer derrière le Théatre, du côté de la Ferme, plusieurs coups de pistolets : trois ou quatre Coquins en désordre, & , l'épée à la main, traversent la Scène en fuyant, pendant que Francœur crie.

FRANCŒUR *crie derrière le Théatre.*

POURSUIVEZ-LES par ici... A moi... à moi, Monsieur... Ce sont des lâches, ne craignez rien.

GERMAIN.

Qu'entends-je ? On se bat... c'est peut-être un attentat contre St. Fleurisse.... Courons le défendre.... Ah ! c'est Francœur.... Sans doute mon rival est avec lui.

SCENE XI.

St. FLEURISSE, GERMAIN, FRANCŒUR.

FRANCŒUR *d'un ton audacieux.*

CE sont des coquins, c'est de la canaille.

St. FLEURISSE.

Mon ami, vous êtes bien téméraire ; mais vous

m'avez rendu un grand ſervice. (*appercevant Germain*) Voici encore quelqu'un.

FRANCŒUR.

Ah ! c'eſt un homme de cœur, celui-ci : vous avez quelque choſe à vous dire : c'eſt préciſément Mr. de Fontreuil.

St. FLEURISSE *très-froidement.*

Vous voilà donc à la fin, Monſieur, embraſſez-moi.

GERMAIN.

Mais, Monſieur, ſongez-vous ? ....

FRANCŒUR *bruſquement.*

Embraſſez, embraſſez-le toujours, qu'eſt-ce que cela fait ? cela n'empêchera rien.

GERMAIN.

Ne ſçavez-vous pas, Monſieur, pourquoi vous venez ? Eloignons-nous.

St. FLEURISSE.

Non, non, reſtons ici, nous ſommes fort bien.

GERMAIN.

Mais, Monſieur ....

St. FLEURISSE *d'un ton impoſant.*

Mais, jeune homme, écoutez-moi ; je vous parle au nom de ceux dont l'autorité doit impoſer un frein à vos déréglemens. M'avez-vous cru auſſi étourdi que vous ? penſez-vous que je vienne ici pour attenter à vos jours ? Vous avez beſoin de vivre, pour vous connaître & pour vous repentir.

GERMAIN.

Mais vous me parlez d'un ton.

FRANCŒUR.

Il vous inſulte.

GERMAIN.

Monſieur, voulez-vous ajouter des affronts ...

St. FLEURISSE *avec énergie.*

Puissiez-vous rougir de tous ceux dont vous vous êtes couverts ! .... Puissiez-vous connaître vos torts envers Mr. de Fontreuil, pour les réparer ! ... Puisse la voix gémissante d'un vieillard qui vous a élevé, parvenir jusqu'à votre cœur ! Vous rappellez-vous ses bontés ? Etes-vous capable d'apprécier ses bienfaits ? Entendez-vous les accens douloureux de son désespoir ? ... Etes-vous pénétré de ses plaintes & de votre ingratitude ? Ne vous sentez-vous pas indigne de jouir d'un titre qu'il vous a laissé usurper ?

GERMAIN.

Quel titre ai-je donc usurpé ?

St. FLEURISSE.

C'est le secret qui me reste à vous apprendre ; il n'est point votre père, c'est la bonté de son cœur, c'est l'amitié qu'il conservait pour un frère malheureux, & plein d'honneur, dont vous êtes le fils, qui l'a porté à vous adopter, pour remplacer celui qu'il venait de perdre. Le père qui vous a donné l'être, mourut sans fixer votre sort ; il serait déplorable, si la main bienfaisante de votre oncle n'eût porté à votre indigence des secours dont vous l'avez indignement récompensé ; c'est à vous qu'il sacrifiait la fortune de deux enfans qui l'aiment & le chérissent.

GERMAIN.

Ah, que m'apprenez-vous ! ... Mr. de Fontreuil n'est pas mon père ? ... Voilà ce qu'on m'avait écrit, & que je ne pouvais comprendre. ... Quels sont donc ses enfans ?

St. FLEURISSE.

Frémissez de les connaître, tremblez à l'aspect du précipice d'où je viens vous tirer : la mère d'une amante auſſi imprudente que vous, eſt ſa fille ; Madame de Franceval eſt cette Julie dont vous avez tant entendu parler, ſon mari eſt Vorcelles, l'auteur de la malheureuſe hiſtoire qui a coûté tant de larmes à Mr. de Fontreuil.

GERMAIN.

Qu'entends-je !... Eſt-il poſſible ! Ah, Monſieur, que je ſuis coupable !

St. FLEURISSE *d'un ton très-pathétique & tres-noble*

Voyez l'abîme où vous entraîniez une jeune innocente que vous avez ſéduite. « Quels ſeraient vos » crimes, ſi elle n'eût réſiſté aux projets extravagans » que le délire d'une imagination fougueuſe vous aura » fait lui propoſer : j'ai ſçu, malgré vos précautions, » qu'elle était ici ; ſa candeur, la vertu de ſes parens, » qui ſont les vôtres, m'a raſſuré ſur les dangers que » courait la ſienne. Ils vont paraître, ces gens à qui » vous avez cauſé tant d'alarmes ; oſerez-vous ſoute- » nir leur préſence ?... oſez-vous ſoutenir la mienne?» Armez donc à préſent votre bras contre moi, jeune inſenſé ! Avez-vous ſongé, en venant vous batre, que la mort pouvait être la punition de vos erreurs ? Deſcendez au fond de votre ame, reconnaiſſez-vous ; ingrat & barbare envers un bienfaiteur que vous deviez adorer, infidèle à des devoirs ſacrés que vous deviez remplir, ſéducteur d'une innocence que vous deviez reſpecter, cherchant à ôter la vie à un homme qui vous aime & vous plaint, malgré la ſoif que vous aviez de ſon ſang ; malheureux ! eſt-ce dans cet état que vous pouviez vous expoſer à mourir ? Criminel & mépriſable aux yeux des hommes, comment auriez-vous ſupporté l'examen rigoureux, & les regards ſévères de la Divinité ?

GERMAIN *avec énergie.*

Puis-je mériter de vivre ? Monsieur, quelle lumière portez-vous dans mon cœur ? Je suis indigne de vos bontés, de celles d'un oncle tendre que j'ai offensé ; ils doivent tous m'abandonner ; un siècle de rigueurs ne suffirait pas pour me faire expier mes fautes.

FRANCŒUR.

Ma foi... je n'en reviens point.... il ne se bat pas... mais c'est un brave homme....

St. FLEURISSE

Conduisez-moi vers Lucie.

FRANCŒUR.

Mr. je vais la faire sortir, si vous souhaitez.

St. FLEURISSE.

Si elle le veut, allez toujours la prévenir.

FRANCŒUR *frappe à la porte de la maison.*

Ouvrez, ouvrez, c'est moi.

GERMAIN.

Mais, Monsieur, je n'aurai jamais assez de hardiesse pour reparaître aux yeux de son père ; je n'oserai jamais me dire son parent.

St. FLEURISSE *avec bonté.*

Laissez-moi ménager tout cela. Vous pensez bien, mon ami ; cette confusion ajoute à la bonne opinion que j'avais de votre caractère.

SCENE XII.

FRANCŒUR, LUCIE, St. FLEURISSE, GERMAIN.

FRANCŒUR *à Lucie.*

EH ! venez, venez, Mademoiselle ; il faut bien s'y résoudre tôt ou tard : ce n'est point votre père . . . allons . . . bon . . . Mr. je vais actuellement au-devant de Mr. de Franceval.

LUCIE.

Dieux ! qu'il faut que je sois coupable pour être aussi timide. Monsieur, où sont mes parens ?

St. FLEURISSE.

Ils vous attendent, Mademoiselle.

LUCIE.

Je dois leur être bien odieuse. » Je voudrais me » cacher à tout l'univers.

St. FLEURISSE *avec honnêteté & candeur.*

» Mademoiselle, ayez de vos sentimens une idée » aussi vraie que celle que vos parens en ont eux-mê- » mes : ils connaissent trop les principes sur lesquels » vous vous êtes toujours réglée, pour avoir redouté » de votre part la moindre chose qui pût blesser la » délicatesse de leur ame, ou souiller la pureté de » la vôtre.

LUCIE.

» Ah, Monsieur ! il est bien vrai ; mais vous êtes » trop bon ». Monsieur, vous avez bien des reproches à me faire.

St. FLEURISSE.

Aucun, Mademoiselle. J'ai été fâché de ne pas vous avoir inspiré assez de confiance, pour vous éviter les détours dont vous vous êtes servi. Vous ne me connaissiez pas assez ; je ne vois qu'une franchise très-estimable dans votre procédé. Si l'on connoissait tous ceux que l'on a intérêt de connaître, votre cousin aurait été moins imprudent.

LUCIE.

Mon cousin !

St. FLEURISSE.

Demandez-lui plutôt s'il ne l'est pas.

GERMAI

GERMAIN *triſtement.*

Hélas ! ah, Monſieur ! chargez-vous, s'il vous plaît de le lui apprendre.

St. FLEURISSE.

Oui, c'eſt le couſin de votre mère ; il paſſait pour le frère dont elle m'a demandé des nouvelles devant vous ; mais par bonheur il n'eſt pas votre oncle.

LUCIE.

Ah, Ciel ! Monſieur, voulez-vous aggraver mes torts ? Et comment ſe pourrait-il ?.... Je ſuis deſtinée à être bien malheureuſe ! Je n'aurais jamais cru que mes peines puſſent encore s'accroître.

St. FLEURISSE.

Vous n'êtes pas raiſonnable. Il eſt votre couſin, eh bien, c'eſt un nouveau titre pour l'aimer. Seriez-vous fâchée de me trouver aſſez généreux pour lui en céder un plus précieux ?

LUCIE.

Ah ! Monſieur, vous vous vengez bien cruellement !

St. FLEURISSE.

Lucie, vous ne me rendez pas juſtice. Croyez que mon deſſein n'eſt pas de vous chagriner. La ſatisfaction de vous ſçavoir heureuſe, me conſolera du malheur de n'avoir pu vous mériter. Allons, embraſſez votre couſin ; que votre contentement faſſe diſparaître les ſymptômes de la triſteſſe : ne me laiſſez pas croire plus long-temps que je ſuis pour vous un objet de déſolation.

GERMAIN.

Mais... Monſieur...

St. FLEURISSE.

Mais, Monsieur, il est permis d'aimer; d'embrasser, & d'épouser sa petite cousine.

GERMAIN & LUCIE.

Ah! mon cher Monsieur....

GERMAIN.

Vous nous ôtez le pouvoir d'être assez reconnaissans. Ma chère Lucie!....

LUCIE.

» Laissez-moi respirer.... Je reprends un nouvel » être... J'étais si tourmentée il n'y a qu'un instant.... » Combien mon état était douloureux!....

GERMAIN.

Que nous étions insensés! A quels maux allions-nous nous exposer! Quel était notre aveuglement!... Mr. de Franceval pourra-t-il jamais me pardonner? Je voudrais verser tout mon sang, pour me punir de l'avoir chagriné.

St. FLEURISSE *avec aménité.*

Homme extrême, toujours des projets violens! Vous êtes continuellement dans l'ivresse! Vous allez voir Mr. de Franceval, que votre soumission & votre docliité obtiennent de lui votre pardon; qu'elles lui prouvent qu'il n'y a jamais eu de perversité dans vos intentions. Vous lui devez de sincères excuses; mais je connais assez vos cœurs, pour être persuadé que vous n'avez point à lui faire de réparation.

LUCIE.

Ah! Monsieur, volons au devant de lui.... Je voudrais être à ses pieds... Je crains ses premiers regards; & je souhaiterais qu'il fût ici....

GERMAIN.

Sçait-il que nous y sommes?

St. FLEURISSE.

Oui, oui, il le ſçait. « Il faut avoir la tête à ſoi, » pour bien prendre ſes meſures. Vous aviez mis vos » meſſages dans des mains bien mal-adroites. J'ai » envoyé René à Mr. de Franceval. " Il devrait déjà être arrivé, il connaît bien l'endroit : d'ailleurs, Francœur l'aura ſûrement rencontré.

LUCIE.

Si les ſuites de notre imprudence l'avaient mis hors d'état....

St. FLEURISSE.

Ne craignez rien, ce que je lui ai fait dire, doit l'avoir conſolé....

GERMAIN.

J'entends le bruit d'une chaiſe... quelqu'un vient...

LUCIE.

Je vois des flambeaux... C'eſt lui... Ah ! Monſieur, oui, c'eſt lui.... le voilà.

SCENE XIII & dernière.

LUCIE, Mr. DE FRANCEVAL, St. FLEURISSE, GERMAIN, FRANÇOIS & FRANÇOISE *dans l'éloignement. Pluſieurs Laquais avec des flambeaux.*

Mr. DE FRANCEVAL *ſe jette dans les bras de ſa fille, qui chancelle en tombant à ſes pieds.*

LUCIE... ma chère fille... Ma pauvre Lucie !...

LUCIE *à genoux.*

Mon père, vous m'aimez encore ?

Mr. DE FRANCEVAL.

Je t'aimerai toujours.

LUCIE.

Me pardonnez-vous ?

Mr. DE FRANCEVAL *très-ému.*

Mon enfant..... ne parle point de pardon ; ne me fais pas croire que tu es coupable, je te laiſſe le ſoin de te juger toi-même. (*à Saint-Fleuriſſe.*) Mon cher ami....

St. FLEURISSE.

Vous avez bien tardé.

Mr. DE FRANCEVAL.

Vous allez en ſçavoir la cauſe.... Où eſt Germain ?

GERMAIN *ſe jettant à ſes pieds.*

Ah ! Monſieur....

Mr. DE FRANCEVAL *froidement.*

Relevez-vous, mon cher parent; les torts que vous avez avec moi, ſont effacés par le plaiſir de vous retrouver : d'ailleurs, c'eſt de votre oncle, de notre père, qu'il faut obtenir votre grace. Il vient d'arriver au Château, vous pouvez nous y ſuivre.

GERMAIN.

Que dites-vous ?... mon oncle... Mr. de Fontreuil...

St. FLEURISSE.

Comment ! le papa eſt chez vous?

Mr. DE FRANCEVAL.

Oui, mon ami.

St. FLEURISSE *à Germain.*

Voilà un incident que nous n'attendions pas.

Mr. DE FRANCEVAL.

Il vous ſuivait à une demi-journée de diſtance : c'eſt une ſurpriſe qu'il avoit ménagée deux jours avant votre départ. René était dans la confidence. Jugez de la ſituation affreuſe où il nous a trouvés : il a tout appris.

GERMAIN.

Comment ! Monsieur, il sçait que je suis....

Mr. DE FRANCEVAL *sévèrement.*

Oui, mon cher cousin ; il n'ignore aucune de vos folies, & il espère, comme moi, que vous deviendrez plus sage. (*à St. Fleurisse.*) Mon cher ami, j'ai vu couler ses pleurs.... nous avons volé dans ses bras..... Il ne peut quitter sa fille.... J'ai joui de la douceur de ses embrassemens.... Il attend Lucie avec une impatience.... il y aurait de la barbarie à la prolonger.... Partons....

GERMAIN *à St. Fleurisse.*

Monsieur, ne ferez-vous rien pour moi ?

St. FLEURISSE.

(*à Germain.*) Soyez tranquille. (*à Mr. de Franceval.*) Mon ami, il est de bonne foi ; c'est une mauvaise tête, mais il a bien bon cœur : j'ai éprouvé ses sentimens, ne nous concertons pas pour l'affliger. N'avez-vous pas de meilleures nouvelles à lui apprendre ?

Mr. DE FRANCEVAL *d'un air contraint.*

Mais qu'il se consulte ; qu'il voie si c'est moi qui dois me charger de lui rendre les bonnes graces de son oncle : c'est assez, je crois, de ne pas l'avoir desservi.

St. FLEURISSE.

Ce serait assez pour un autre ; mais pour vous, mon bon ami, nous vous connaissons.... Si votre fille osait parler... C'est de vous que dépend leur destinée.

Mr. DE FRANCEVAL.

Y songez-vous ?... Vous m'étonnez... Et mes engagemens avec vous...

St. FLEURISSE.

Ils ne subsistent plus... J'ai fait un sacrifice, mon cher ami, qui m'a coûté bien des efforts, je dois vous forcer d'en faire un autre, celui de votre ressentiment.... Vous sçavez bien ce que nous vous demandons.... Voyez-les, ils sont si intéressans ! pourriez-vous leur résister ?

GERMAIN.

Mon cher parent !...

LUCIE.

Mon tendre père !...

Mr. DE FRANCEVAL *attendri, avec beaucoup de chaleur.*

Oui, vous êtes mes enfans, je ne puis feindre plus long-temps: j'avais pourtant promis de me montrer inexorable. Mais pourquoi retarder votre bonheur? (*à Germain.* Lucie sera à vous: profitez de l'émotion que la nature a porté dans le cœur de votre oncle, pour obtenir un aveu qui ne nous laisse rien à desirer. Je ne vous ferai aucun reproche, vous avez l'ame noble & le cœur droit; vous devez connaître le prix de la vertu, & le mépris attaché à une action déshonorante. Votre conduite me fera voir que je ne me suis pas trompé.

GERMAIN.

Ah ! Monsieur....

LUCIE.

Ah ! mon père....

Mr. DE FRANCEVAL.

» Attendez pour me remercier que je ne puisse
» plus vous être utile. (*montrant Saint - Fleurisse.*)
» Voilà celui auquel vous devez de la reconnaissance.
» Mon digne ami..... que de bienfaits !.... Il n'y en a
» pas un de nous que vous n'en ayez comblé.

GERMAIN *embrassant St. Fleurisse.*

» Il n'y en a pas un qui ne vous aime.

Mr. DE FRANCEVAL.

Ma pauvre Lucie.... nous avons bien souffert tous les deux, pendant que nous ne nous sommes pas vus.

LUCIE.

Ah ! mon père, je ne puis vous le dire.

Mr. DE FRANCEVAL.

La présence d'un amant satisfait ; mais celle d'un père console. Que de joie tu vas causer à ta mère ! Allons la rejoindre.

FRANÇOIS *suppliant.*

Monsieur....

FRANÇOISE *de même.*

Mademoiselle....

Mr. DE FRANCEVAL *avec fermeté.*

François, « vous vous êtes mal conduit ; vous de-
» viez me faire avertir dès le premier moment que
» Lucie est venue chez vous ; " votre complaisance pouvait avoir des suites cruelles, si ma fille n'eût pas été vertueuse. Souvenez-vous qu'il ne faut jamais se mettre de moitié dans des actions qui ne s'accordent pas strictement avec les règles de l'honnêteté. « Je ne
» vous veux cependant pas de mal ; je ne sçais point
» me servir d'un prétexte pour me dispenser d'être
» utile à ceux qui ont besoin de moi.

FRANÇOIS.

» Ah ! mon cher Maître.... je sommes bien fâché.

FRANÇOISE.

» Et moi aussi, Monsieur.... Ne t'avais-je pas dit
» que ça en viendrait là ?

St. FLEURISSE.

Allons, ne songeons qu'à nous réunir. Je vais

jouir d'un spectacle divin, je vous verrai tous aussi heureux que vous méritez de l'être.

Mr. DE FRANCEVAL.

O trop généreux ami!... Venez recevoir le tribut de nos cœurs. « C'est dans le sein d'une famille qui » vous doit sa félicité, que vous devez vous renfer» mer, si vous voulez la combler. " Nous allons dresser un autel à l'amitié : allons calmer les inquiétudes de la mère de Lucie. Germain, venez apprendre à être père avant que d'être époux. Ne cessez jamais de vous retracer les évènemens d'aujourd'hui. Songez que s'il est dans la société des amis perfides, des pères durs, des enfans ingrats, des époux infidèles, c'est toujours parce que l'expérience n'a pu les ramener à la raison : souvent, c'est parce qu'ils n'ont pas réfléchi la première fois qu'ils ont été imprudens.

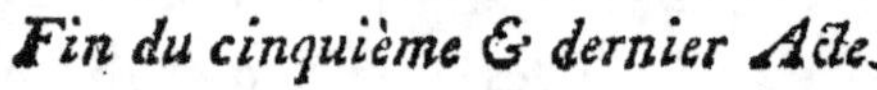

Fin du cinquième & dernier Acte.

Permis à Mr. D'HERBOIS de faire imprimer & représenter la Pièce intitulée *Lucie*. A Bordeaux, le 9 Février 1772.

DUHAMEL, Jurat.

www.ingramcontent.com/pod-product-compliance
Lightning Source LLC
Chambersburg PA
CBHW060809250626
47162CB00005B/1725
* 9 7 8 2 0 1 3 7 3 5 2 6 1 *